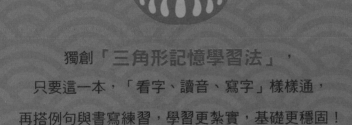

獨創「三角形記憶學習法」，

只要這一本，「看字、讀音、寫字」樣樣通，

再搭例句與書寫練習，學習更紮實，基礎更穩固！

インストラクション
使用說明

01 掌握日文發音規則

日語發音有自己的一套規則，就像我們中文一樣，光是會五十音不代表就一定唸得對喔！現在就一步一步來瞭解日語發音的規則吧！

02 運用「三角形記憶學習法」學五十音

研究發現，學習一個字母，就像在大腦建一座塔、蓋一座山，除了會看，還要同步會讀、會寫。在書中，我們把每一個假名的字型、讀音、字源通通收在一個三角形裡，詳細圖解五十音筆順，讓你邊看邊聽邊記，留下對五十音的第一印象！

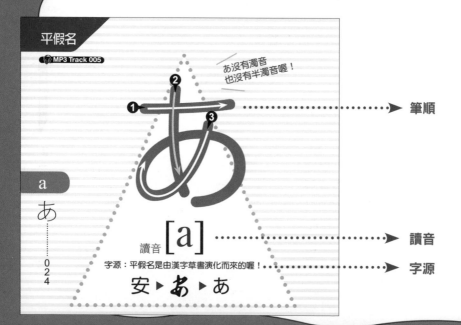

03 加碼「延伸例句+常見NG寫法」

認識五十音的同時，一併學習進階延伸例句吧！書中每個五十音下方的延伸學習例句都非常符合初學者程度，還附有漢字，讓你會讀會說還會用！此外，書中貼心提醒常見的錯誤寫法，讓你假名學了就會寫、寫了就會用！

延伸學習例句 ▶ 今日は暑い。 今天很熱。
きょう あつ

跟著表格第一列的指導一步一步開始吧！

! 要注意喔

這樣寫就錯了：

あ ✕ 太短

這寫得太瘦了！

あ	一	十	あ	あ	あ	あ

04 補充「五十音升級戰鬥」

五十音只是學習日文的第一步，有了穩固的基礎，再進階學更多日文吧！書中貼心補充「30個你不能不會的日文漢字」、「50個日文常用搭配詞」、「50句生活便利貼短句」、「50句情緒表達實用會話」、「50句日本旅遊必懂會話」，讓你從五十音進化到「開口說，靈活用」！

はじめに
作者序

　　很多人喜歡日本文化、動漫、日劇和綜藝節目，很想要學日文來更加了解日本甚至想要交到日本朋友。但是光是五十音就卡關的人也不少，五十音是學生面對日文的第一個難關，也讓許多人打退堂鼓。

　　「五十音怎麼這麼難背！」「片假名好難！」，都是學生剛接觸日文會有的煩惱。其實五十音沒有那麼難，而且身為母語是中文，看得懂漢字的我們更是事半功倍！五十音來源自於中文，而且保留了中國古代文字的痕跡，不論是外型還是讀音都和中文息息相關。本書亦把平假名和片假名的源起列出來，讓你知到文字演變的來龍去脈，一定可以很快就將五十音記下來！

　　而學習語言，除了背誦更要打開耳朵多聽，讓自己的發音更準確，對語言的敏感度也會更高，本書在每一個章節都附有音檔，讓讀者可以模仿正確發音，配合聽、說、讀，可以讓大家不必多花額外的精力就將五十音刻印在腦海裡！

本書除了五十音，也收錄了許多生活常見的單字、句子和對話，讓你除了學習五十音，更能進階學習，漢字上都標有假名，讀者不妨也可以考考自己辨認五十音，再聽音檔來確認，相信會是一個很好的練習！下次去日本旅遊，也可以來個小驗收！

五十音其實沒有想像中那麼難，只要用對方法，相信大家都可以少走點冤枉路！

もくじ
目錄

 **パート1** 先暖身！入門五十音

 パート2 出發！
用「三角形記憶學習法」學五十音

	a		i		u		e		o	
×	あ	ア	い	イ	う	ウ	え	エ	お	オ
	022		042		058		076		094	

k	か	カ	き	キ	く	ク	け	ケ	こ	コ
	024		044		060		078		096	

s	さ	サ	し	シ	す	ス	せ	セ	そ	ソ
	026		046		062		080		098	

	a		i		u		e		o	
t	た	タ	ち	チ	つ	ツ	て	テ	と	ト
	028		048		064		082		100	
n	な	ナ	に	ニ	ぬ	ヌ	ね	ネ	の	ノ
	030		050		066		084		102	
h	は	ハ	ひ	ヒ	ふ	フ	へ	ヘ	ほ	ホ
	032		052		068		086		104	
m	ま	マ	み	ミ	む	ム	め	メ	も	モ
	034		054		070		088		106	
y	や	ヤ			ゆ	ユ			よ	ヨ
	036				072				108	
r	ら	ラ	り	リ	る	ル	れ	レ	ろ	ロ
	038		056		074		090		110	
w	わ	ワ							を	ヲ
	040								112	
鼻音	ん	ン								
	092									

パート3 強化！五十音升級戰鬥

PART 01

先暖身！
入門五十音

五十音才不難呢！
還不都是從我們常用的中文演化而來的！

　　在很久很久以前，記錄日語都是用中國傳過去的漢字，一直到後來才由漢字發展出我們現在看到的五十音。所以我們在學習五十音的時候，常常會發現有些字跟中文長得很像，聯想起來也很方便。

　　五十音有「平假名」和「片假名」兩種，平假名是從漢字草書演化而來的，一般用來表示日語中固有的詞彙、助詞等文法結構，要在漢字上標註讀音的時候，一般也是用平假名。

　　片假名則是從漢字的楷書偏旁演化而來的，通常在表示外來語、擬聲語時使用，現在也越來越多人用在名字中。

　　現在我們就一起來看看五十音是什麼吧！

暖身第一式
日文的「行」與「段」

　　所謂的五十音，就是將日語中清音的平假名與片假名按照相同的子音、母音排列成一個表。雖然稱作五十音，但事實上現代日語的五十音包含鼻音有46個平假名、46個片假名，所以想學五十音的你，絕不能打著「記50個就好」的如意算盤！幸好，五十音是很有系統的，學起來不難，現在我們就一起來看看五十音的「系統」：行與段的概念。

五十音的排列方式如右頁一樣，橫排為「行」，直排為「段」，共有十個「行」、五個「段」。列在同一「行」的假名，除了沒有子音、純母音的「あ行」以外，其餘每一行中，每個假名的子音都相同。舉例來說，在「か行」（ka行）中的每個假名，子音都會是k：か（ka）、き（ki）、く（ku）、け（ke）、こ（ko）。

　　在同一「段」的假名則是母音相同。舉例來說：在「あ段」（a段）中，每個假名的母音都會是a：あ（a）、か（ka）、さ（sa）、た（ta）、な（na）、は（ha）、ま（ma）、や（ya）、ら（ra）、わ（wa）。另外，還有個鼻音「ん」，和別人都不一樣，因為它沒有子音，所以自己獨自佔一行。但後來為了歸類方便，多半都把它塞進還有空間的「わ行」去了。

　　這樣的排列方式不但更清楚、更好記，也和日本文化、日文語法息息相關。像是等你們以後學到動詞變化時，就會發現動詞變化的邏輯和「行」與「段」有密不可分的關係，要是不知道是哪一段、哪一行，根本就沒辦法作動詞變化！此外，在做人名排序時（例如班上的座號、會議列席人名等），也會依從あいうえお開始一行一行數下去的「五十音順」來排列。

	あ段		い段		う段		え段		お段	
	平假名	片假名	平假名	片假名	平假名	片假名	平假名	片假名	平假名	片假名
あ行	あ	ア	い	イ	う	ウ	え	エ	お	オ
	a		i		u		e		o	
か行	か	カ	き	キ	く	ク	け	ケ	こ	コ
	ka		ki		ku		ke		ko	
さ行	さ	サ	し	シ	す	ス	せ	セ	そ	ソ
	sa		shi		su		se		so	
た行	た	タ	ち	チ	つ	ツ	て	テ	と	ト
	ta		chi		tsu		te		to	
な行	な	ナ	に	ニ	ぬ	ヌ	ね	ネ	の	ノ
	na		ni		nu		ne		no	
は行	は	ハ	ひ	ヒ	ふ	フ	へ	ヘ	ほ	ホ
	ha		hi		fu		he		ho	
ま行	ま	マ	み	ミ	む	ム	め	メ	も	モ
	ma		mi		mu		me		mo	
や行	や	ヤ	(い)	(イ)	ゆ	ユ	(え)	(エ)	よ	ヨ
	ya		(i)		yu		(e)		yo	
ら行	ら	ラ	り	リ	る	ル	れ	レ	ろ	ロ
	ra		ri		ru		re		ro	
わ行	わ	ワ	(ゐ)	(ヰ)	(う)	(ウ)	(ゑ)	(ヱ)	を	ヲ
	wa		(i)		(u)		(e)		wo	
鼻音	ん	ン								
	n									

★「ゐ／ヰ」和「ゑ／ヱ」這兩組假名為古字，現代日語已經沒有在使用了，不過在古文和某些特殊場合還會看到，所以還是要稍微認識一下喔！

日文的「清音、濁音與半濁音」

　　前面所看到的這個五十音表裡面出現的字母，就都是「清音」。必須注意的是，如果在「か行」、「さ行」、「た行」、「は行」這四行的清音右上方加上濁點「﹅」，就變成了「濁音」，念法和清音也不一樣了。可以跟著MP3一起念念看，體會兩者之間的差別。

【濁音】 MP3 Track 002

	平假名	片假名	平假名	片假名	平假名	片假名	平假名	片假名	平假名	片假名
が行	が	ガ ga	ぎ	ギ gi	ぐ	グ gu	げ	ゲ ge	ご	ゴ go
ざ行	ざ	ザ za	じ	ジ ji	ず	ズ zu	ぜ	ゼ ze	ぞ	ゾ zo
だ行	だ	ダ da	ぢ	ヂ ji	づ	ヅ zu	で	デ de	ど	ド do
ば行	ば	バ ba	び	ビ bi	ぶ	ブ bu	べ	ベ be	ぼ	ボ bo

　　此外，如果在「は行」清音字母的右上角加上半濁點「﹀」，就是半濁音了。子音的讀音也會從原本的 /h/ 變成 /p/。

【半濁音】 MP3 Track 003

	平假名	片假名	平假名	片假名	平假名	片假名	平假名	片假名	平假名	片假名
ぱ行	ぱ	パ pa	ぴ	ピ pi	ぷ	プ pu	ぺ	ペ pe	ぽ	ポ po

日文的「拗音」

　　拗音可就不是在字母的右上角加上圈圈點點這麼簡單啦！拗音顧名思義就是會「轉一下」，它的特色是由兩個字所構成。在「き／ぎ」、「し／じ」、「ち」、「に」、「ひ／び／ぴ」、「み」、「り」之後加上小寫的（小一點的）「ゃ」、「ゅ」、「ょ」，就會變成拗音。拗音應該怎麼念呢？搭配MP3一起練習念念看吧！

【拗音】　MP3 Track 004

平假名	片假名	平假名	片假名	平假名	片假名	平假名	片假名	平假名	片假名	平假名	片假名
きゃ	キャ kya	きゅ	キュ kyu	きょ	キョ kyo	りゃ	リャ rya	りゅ	リュ ryu	りょ	リョ ryo
しゃ	シャ sha	しゅ	シュ shu	しょ	ショ sho	ぎゃ	ギャ gya	ぎゅ	ギュ gyu	ぎょ	ギョ gyo
ちゃ	チャ cha	ちゅ	チュ chu	ちょ	チョ cho	じゃ	ジャ jya	じゅ	ジュ jyu	じょ	ジョ jyo
にゃ	ニャ nya	にゅ	ニュ nyu	にょ	ニョ nyo	ぢゃ	ヂャ jya	ぢゅ	ヂュ jyu	ぢょ	ヂョ jyo
ひゃ	ヒャ hya	ひゅ	ヒュ hyu	ひょ	ヒョ hyo	びゃ	ビャ bya	びゅ	ビュ byu	びょ	ビョ byo
みゃ	ミャ mya	みゅ	ミュ myu	みょ	ミョ myo	ぴゃ	ピャ pya	ぴゅ	ピュ pyu	ぴょ	ピョ pyo

日文五十音的「發音規則」

日語發音有自己的一套規則，就像我們中文一樣，光是會五十音不代表就一定念得對喔！現在就一步一步來瞭解日語發音的規則吧！

日語一般而言，一個假名就是念一個音節，但如果碰到小寫的假名則不同。如之前我們在「拗音」中看到的，拗音雖然是由兩個字組成的（例如：にゃ，ni和ya），但發音時只需要念一個音節（nya）。

另外兩個不唸成一個音節的音是鼻音「ん」和促音「っ」（也就是小寫的つ）。發音時，鼻音「ん」等於是替前面的音加上鼻音，例如「ぴん」就是念「pin」；而促音「っ」是短促地停一拍，例如「かった」的念法就會是在「か」與「た」之間小小地停頓一拍。瞭解基本的概念後，我們就來詳細說明發音的各項重點吧！

◆「長音」是⋯⋯

把一個音節念得比一般的情形更長（兩倍長度），就是長音。要如何判斷哪些音要念長音呢？如果是片假名就很容易：只要看到一個音節後面有一個「一」的符號，就知道是要念長音了。例如：蛋糕「ケーキ」就要念「keeki」。

平假名的長音比較複雜，是在拉長的音節後再添上一個母音。要加哪個母音，視是哪一段而定。

あ段 這一段的音，在後面加上あ，就要念長音。例如おかあさん（媽媽）的「かあ」就要念得比原本的か長兩倍。

い段 這一段的音，在後面加上い，就要念長音。例如おにいちゃん（哥哥）的「にい」就要念得比原本的に長兩倍。

う段 這一段的音，在後面加上う，就要念長音。例如いもうと（妹妹）的「もう」就要念得比原本的も長兩倍。

え段 這一段的音，在後面加上え或い，就要念長音。例如おねえさん（姐姐）的「ねえ」就要念得比原本的ね長兩倍。

お段 這一段的音，在後面加上お或う（拗音通常只會加上う），就要念長音。例如おとおさん（爸爸）的「とお」就要念得比原本的と長兩倍。

不過，要注意喔！日文不會在文字中特別把「同一個音重複唸兩次」和「母音＋長音」的念法區分開來，所以我們看到例如「ああ」這樣重複母音的詞，就沒辦法確定到底是要連續把あ唸兩次，還是要唸成一個長音。到底要怎麼念，就只能靠上下文來判斷了。

◆「促音」是……

促音指的是在兩個音之間停一拍，所以本身等於是不發音的。它的寫法是小寫的「っ」。一般來說，除非是外來語，促音後面通常都只會接か、さ、た、は行的音。如果用羅馬拼音來表示促音，一般會將下一個音節的子音重複寫一次，例如我們要說かった時，用羅馬拼音寫就會是katta，把促音後的t重複一次。

◆ 重音

日語的重音非常地重要，因為如果把重音讀錯，腔調不道地倒沒關係，更糟糕的是可能會讓人誤解你的意思喔！舉例來說，かみ這個詞的重音如果放在後面的み上，這個詞就是「頭髮」的意思。如果重音放在前面的か上，就是「神」的意思。這兩個意思差很多吧！要是念錯了造成誤會，那就糗大了。

那日語的重音要怎麼看呢？一般有「線式」和「數字式」兩種標法。「線式」裡面，「⌐」表示「降記號」，在這個降記號之後出現的音都要念得低一點；而「－」則表示要音高維持相同，不要

變高、不要變低。「數字式」則比較直接，在框框中寫入一個阿拉伯數字，表示重音位於第幾個字。

　　日語的重音可以歸類為「頭高調」、「中高調」、「尾高調」、「平板調」四種形式。除了第一種「頭高調」是第一個字的音就比較重以外，其他三種在發音第一個字的時候，音高會略低於整個詞的重音。在下面一一做說明：

頭高調	線式：⌐__ ／ 數字式：1
	例：カメラ中，重音位於第一個字，因此念法是「カ」念得比較高，之後的字則念得比較低。

中高調	線式：_⌐_ ／ 數字式：2、3、4……依重音位置決定
	例：あなた中，重音位於第二個字，因此念法是第一個字的「あ」唸成略低的高音，接著「な」念得最高，之後的字則念得比較低。

尾高調	線式：__⌐ ／ 數字式：2、3、4……依重音位置決定
	例：むすめ中，重音位於最後一個字，因此念法是第一個字的「む」唸成略低的高音，接著的「す」又稍微比第一個高一點點，最後一個字也維持在高音。

平板調	線式：___ ／ 數字式：0
	例：わたし中，音調都維持相同，沒有人特別低，因此念法是第一個字的「わ」唸成略低的高音，接著的「た」又稍微比第一個高一點點，最後一個字也維持在高音。

　　從這樣的說明看起來，平板調和尾高調看起來不是沒有什麼不一樣嗎？沒錯，在看單個詞彙的時候，念起來的確是一樣的。那為什麼要分成兩種呢？原來加上助詞後，就可以感受出差別了。

由於「尾高調」的重音在整個詞的最後面，接在重音之後的字音調應該要降低一點。相反地，「平板調」沒有指示音調要下降，所以接在後面的助詞依舊念高音，不會降低。

【尾高調＋助詞】	例：むすめは
【平板調＋助詞】	例：わたしは

暖身第五式
日文這些重要發音要注意

前面所看到的這個五十音表裡面出現的字母，就都是「清音」。必須注意的是，如果在「か行」、「さ行」、「た行」、「は行」這四行的清音右上方加上濁點「ﾞ」，就變成了「濁音」，念法和清音也不一樣了。可以跟著MP3一起念念看，體會兩者之間的差別。

◆ 助詞的念法：

「は」雖然平常是念「ha」，但當作助詞的時候就會變成念「wa」。

「へ」雖然平常是念「he」，但當作助詞的時候就會變成念「e」。

「を」雖然平常是念「wo」，但當作助詞的時候就會念成「o」。

◆「々」的念法：

「々」是一個疊字號，它的意思是「把前一個字再重複念一次。例如「元」這個漢字是念「もと」（moto），所以「元々」就是念「もともと」（motomoto）。但要注意喔！有些疊字在重複時，第二個次的頭一個音會轉為濁音，像「日」可以念「ひ」（hi）但「日々」卻不是念「ひひ」（hihi），而是念「ひび」（hibi）。

NOTES

019

PART 02

出發！用「三角形記憶學習法」學五十音

🎧 **MP3 Track 005**

あ沒有濁音
也沒有半濁音喔！

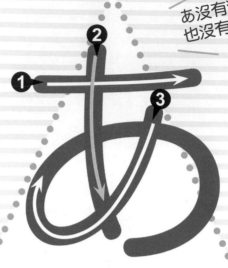

a

あ

022

讀音 **[a]**

字源：平假名是由漢字草書演化而來的喔！

安 ▶ **あ** ▶ あ

延伸學習例句 ▶ 今^{きょう}日は暑^{あつ}い。 今天很熱。

⚠️ **要注意喔！**

這樣寫就錯了：

太短

這寫得太瘦了！

跟著表格第一列的指導一步一步開始吧！

あ	一	七	あ	あ	あ	あ

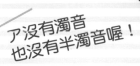

ア沒有濁音
也沒有半濁音喔!

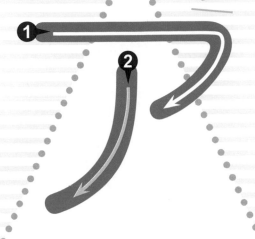

① ②

讀音 **[a]**

字源：片假名是由漢字楷書偏旁演化而來的喔!

阿 ▶ 阝 ▶ ア

a

ア

023

延伸學習例句 その歌手（かしゅ）は私（わたし）のアイドルです。

那一位歌手是我的偶像。

跟著表格第一列的指導一步一步開始吧!

! 要注意喔

這樣寫就錯了：

不要勾起來！

ア	⁊	ア	ア	ア	ア	ア

か的濁音是が，但沒有半濁音。

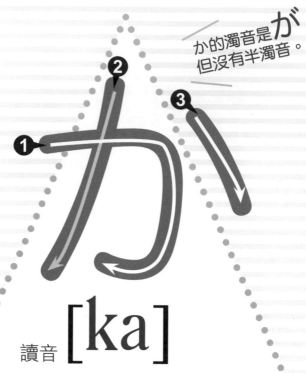

ka

か

0
2
4

讀音 **[ka]**

字源：平假名是由漢字草書演化而來的喔！

加 ▶ か ▶ か

延伸學習例句 **可愛い犬が好き。** 我喜歡可愛的小狗。
かわい　いぬ　す

！要注意喔

這樣寫就錯了：

が ×

要稍微長一點！

跟著表格第一列的指導一步一步開始吧！

か	つ	カ	か	か	か	か

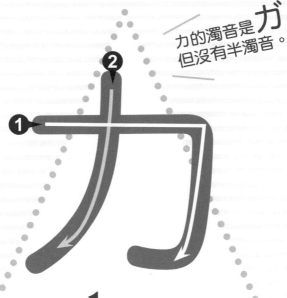

カ的濁音是ガ，但沒有半濁音。

[ka]

讀音 [ka]

ka

カ

字源：片假名是由漢字楷書偏旁演化而來的喔！

加 ▶ カ ▶ カ

延伸學習例句 ▶ カードを書く。 寫卡片。

跟著表格第一列的指導一步一步開始吧！

カ	フ	カ	カ	カ	カ	カ

！要注意喔

這樣寫就錯了：

カ ✗

這撇不要太長喔！

さ的濁音是 ざ，但沒有半濁音。

sa

さ

0
2
6

[sa]

讀音

字源：平假名是由漢字草書演化而來的喔！

左 ▶ ち ▶ さ

延伸學習例句 ▶ 酒を飲みませんか？ 要喝酒嗎？

跟著表格第一列的指導一步一步開始吧！

さ	一	さ	さ	さ	さ	さ

！要注意喔

另一種寫法：

さ

手寫時也可以寫成這樣！

サ的濁音是 ザ，但沒有半濁音。

① ② ③

sa

サ

0
2
7

讀音 **[sa]**

字源：片假名是由漢字楷書偏旁演化而來的喔！

散 ▶ サ ▶ サ

延伸學習例句　どのサイズがほしいですか？
你想要什麼尺寸呢？

跟著表格第一列的指導一步一步開始吧！

要注意喔

這樣寫就錯了：

要彎彎的！

サ	一	十	サ	サ	サ	サ

た的濁音是だ，
但沒有半濁音喔！

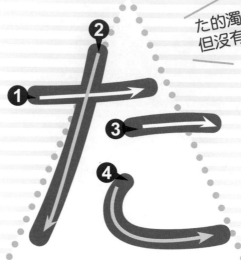

ta

た

讀音 [ta]

字源：平假名是由漢字草書演化而來的喔！

太 ▶ た ▶ た

延伸學習例句 ▶ 時間が沢山あります。 有很多時間。
　　　　　　じかん　たくさん

跟著表格第一列的指導一步一步開始吧！

た	一	ナ	た	た	た	た

! 要注意喔

這樣寫就錯了：

不要太長！

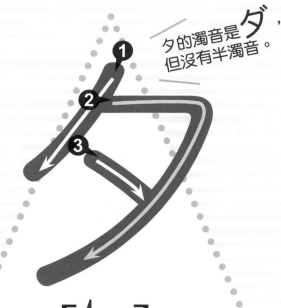

タ的濁音是 ダ，但沒有半濁音。

[ta]

讀音

字源：片假名是由漢字楷書偏旁演化而來的喔！

多 ▶ 夕 ▶ タ

ta

タ …… 029

延伸學習例句 ▶ 今はいいタイミングです。 現在是好時機。

跟著表格第一列的指導一步一步開始吧！

タ	ノ	ク	タ	タ	タ	タ

！ 要注意喔

這樣寫就錯了：

夕✗

太長了！

🎧 MP3 Track 009

な沒有濁音也沒有半濁音喔！

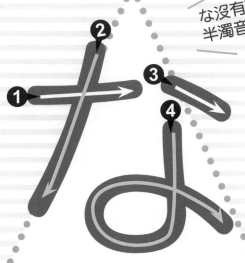

na

な………030

讀音 [na]

字源：平假名是由漢字草書演化而來的喔！

奈 ▶ **な** ▶ な

延伸學習例句 生活問題に悩む。
せいかつもんだい　なや
為生活的問題煩惱。

跟著表格第一列的指導一步一步開始吧！

な	一	ナ	な	な	な	な

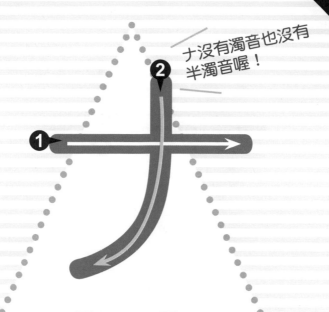

ナ沒有濁音也沒有半濁音喔！

na

ナ

0
3
1

讀音 [na]

字源：片假名是由漢字楷書偏旁演化而來的喔！

奈 ▶ ナ ▶ ナ

延伸學習例句 ▶ 綺麗なナイトですね。
き れい

真是美麗的夜晚啊。

跟著表格第一列的指導一步一步開始吧！

!要注意喔

這樣寫就錯了：

才 ✕

要彎一點！

ナ	一	ナ	ナ	ナ	ナ	ナ

は的濁音是ば，
半濁音是ぱ。

ha

は
……………
0
3
2

は

讀音 [ha]

字源：平假名是由漢字草書演化而來的喔！

波 ▶ 攺 ▶ は

延伸學習例句 ▶
はい
入ってもいいでしょうか？
可以進去嗎？

跟著表格第一列的指導一步一步開始吧！

！ 要注意喔

這樣寫就錯了：

ぱ ✗

弧度大一點！

は	l	l＾	は	は	は	は

八的濁音是バ，
半濁音是パ。

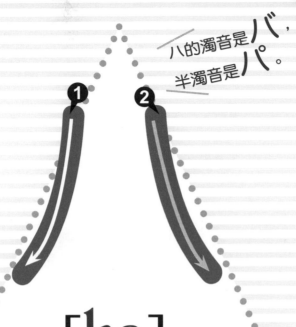

ha

八

讀音 [ha]

字源：片假名是由漢字楷書偏旁演化而來的喔！

八 ▶ ノ 八 ▶ 八

延伸學習例句

死亡率(しぼうりつ)は五十(ごじゅう)パーセントです。

死亡率是百分之五十。

跟著表格第一列的指導一步一步開始吧！

八	ノ	八	八	八	八	八

！ 要注意喔

這樣寫就錯了：

這裡不要連在
一起喔！

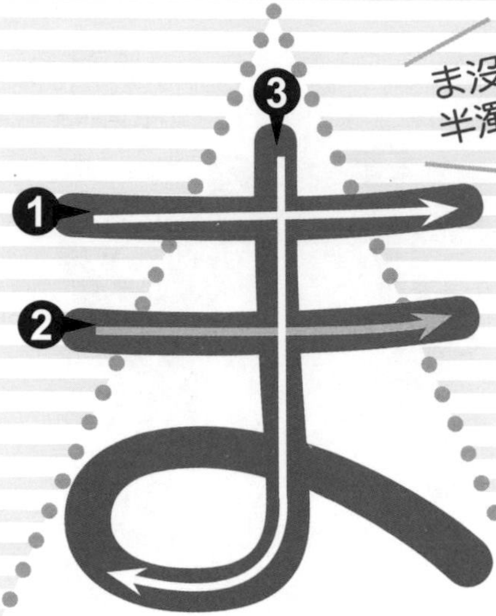

ま沒有濁音也沒有
半濁音喔！

ma

ま……034

讀音 [ma]

字源：平假名是由漢字草書演化而來的喔！

末 ▶ ま ▶ ま

延伸學習例句 ▶ でんしゃ ま
電車を待つ。
等電車。

跟著表格第一列的指導一步一步開始吧！

ま	一	二	ま	ま	ま	ま

要注意喔

這樣寫就錯了：

ま ✕

太長了！

マ沒有濁音也沒有半濁音喔！

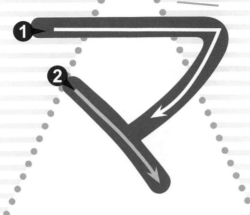

① ②

ma

マ

0
3
5

讀音 [ma]

字源：片假名是由漢字楷書偏旁演化而來的喔！

末 ▶ ﹦ ▶ マ

延伸學習例句

この商品のマークは可愛いです。
しょうひん　　　　　　　　　　　　　　か わい

這個商品的商標好可愛。

跟著表格第一列的指導一步一步開始吧！

！要注意喔

這樣寫就錯了：

點太大了，
寫稍小一點！

マ	フ	マ	⟋⟍	⟋⟍	⟋⟍	⟋⟍

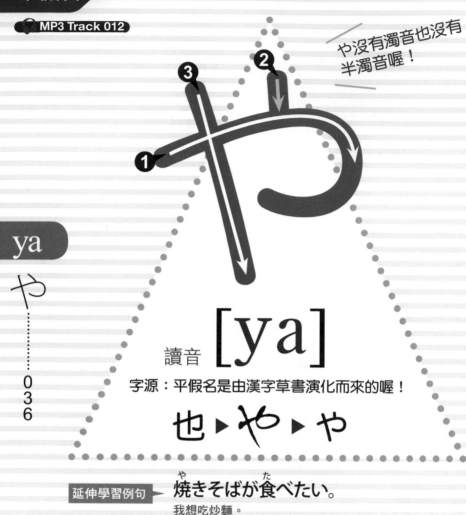

や沒有濁音也沒有半濁音喔!

ya

や

……036

讀音 **[ya]**

字源：平假名是由漢字草書演化而來的喔!

也 ▶ や ▶ や

延伸學習例句 ▶ 焼きそばが食べたい。

我想吃炒麵。

跟著表格第一列的指導一步一步開始吧!

! 要注意喔

這樣寫就錯了：

要有弧度!

や	つ	ち	や	や	や	や

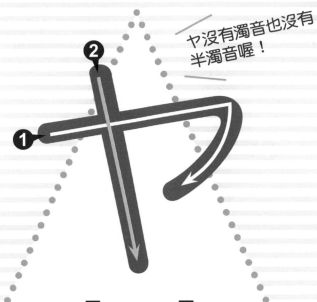

ヤ沒有濁音也沒有
半濁音喔!

ya

ヤ

0
3
7

讀音 [ya]

字源:片假名是由漢字楷書偏旁演化而來的喔!

也 ▶ 力 ▶ ヤ

延伸學習例句 ► 陳さんは張さんよりヤンガーです。

陳先生比張先生年輕。

跟著表格第一列的指導一步一步開始吧!

！要注意喔

這樣寫就錯了:

要力角度!

ヤ	フ	ヤ	ヤ	ヤ	ヤ	ヤ

MP3 Track 013

ら沒有濁音也沒有半濁音喔！

❶
❷

ra

ら

0
3
8

[ra]

讀音

字源：平假名是由漢字草書演化而來的喔！

良 ▶ ゟ ▶ ら

延伸學習例句 ▶ 私は来週日本に行きます。

わたし　らいしゅう　に　ほん　い

我下星期要去日本。

跟著表格第一列的指導一步一步開始吧！

ら	ˋ	ら	ら	ら	ら	ら

⚠要注意喔

這樣寫就錯了：

中間的一橫要稍微彎曲喔！

ラ没有濁音也没有半濁音喔！

ra

ラ……039

讀音 **[ra]**

字源：片假名是由漢字楷書偏旁演化而來的喔！

良 ▶ ラ ▶ ラ

延伸學習例句

姉はライスが嫌いです。
あね　　　　　きら

姉姉不喜歡吃飯。

跟著表格第一列的指導一步一步開始吧！

！要注意喔

這樣寫就錯了：

短一點！

ラ	一	ラ	ラ	ラ	ラ	ラ

わ没有濁音也没有半濁音喔！

わ

wa

わ……………
0
4
0

[wa]

讀音

字源：平假名是由漢字草書演化而來的喔！

和 ▸ 和 ▸ わ

延伸學習例句

わがままなことを言うな。

別說任性的話。

要注意喔

這樣寫就錯了：

這裡弧度要大一點喔！

跟著表格第一列的指導一步一步開始吧！

わ		わ	わ	わ	わ	わ

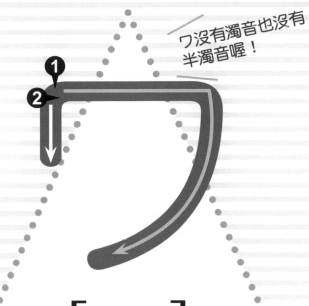

ワ沒有濁音也沒有半濁音喔！

wa

ワ

讀音 [wa]

字源：片假名是由漢字楷書偏旁演化而來的喔！

和 ▶ 口 ▶ ワ

延伸學習例句

ワインを一杯ください。
いっぱい
給我一杯葡萄酒。

跟著表格第一列的指導一步一步開始吧！

ワ	ノ	ワ	ワ	ワ	ワ	ワ

要注意喔

這樣寫就錯了：

不可以太短喔！

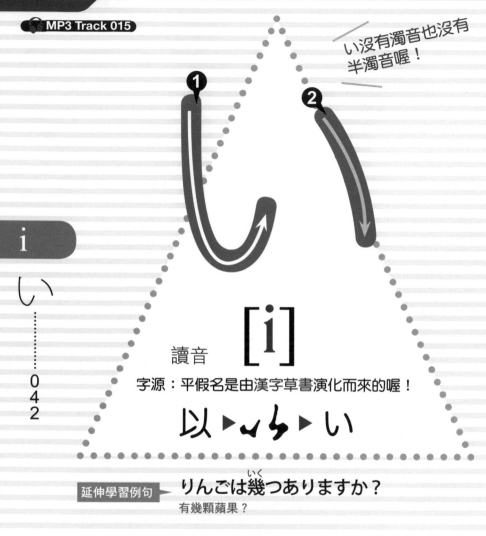

い没有濁音也沒有半濁音喔！

i

い

0
4
2

讀音 [i]

字源：平假名是由漢字草書演化而來的喔！

以 ▶ し ▶ ち ▶ い

延伸學習例句 りんごは幾(いく)つありますか？

有幾顆蘋果？

跟著表格第一列的指導一步一步開始吧！

い	し	い	い	い	い	い

！ 要注意喔

這樣寫就錯了：

し×

要長一點喔！

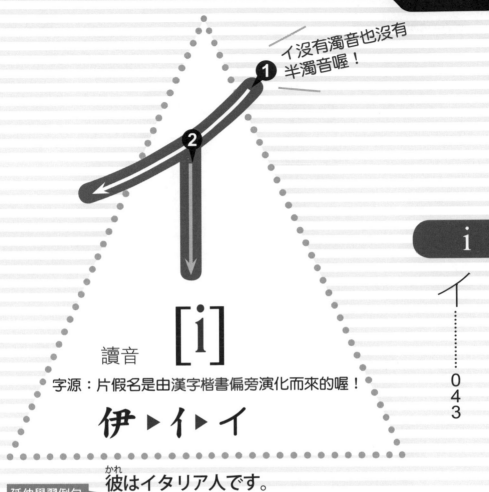

イ沒有濁音也沒有半濁音喔！

1
2

i

讀音 **[i]**

字源：片假名是由漢字楷書偏旁演化而來的喔！

伊 ▶ イ ▶ イ

延伸學習例句

かれ
彼はイタリア人です。
他是義大利人。

イ
⋮
0
4
3

跟著表格第一列的指導一步一步開始吧！

イ	ノ	イ	イ	イ	イ	イ

！要注意喔

這樣寫就錯了：

イ ✘
⋮

要長一點喔！

き的濁音是 ぎ，但沒有半濁音。

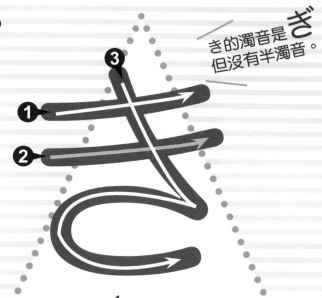

ki

き……044

[ki]

讀音

字源：平假名是由漢字草書演化而來的喔！

幾 ▶ 芝 ▶ き

延伸學習例句 ▶ 気持ちが悪い。 我不舒服（不愉快）。

跟著表格第一列的指導一步一步開始吧！

！要注意喔

另一種寫法：

手寫時也可以寫成這樣！

き	一	二	き	き	き	き

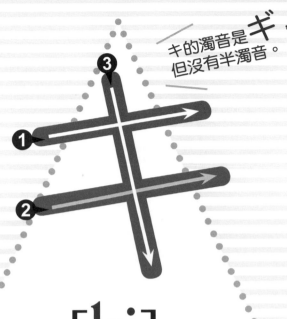

キ的濁音是 ギ，
但沒有半濁音。

ki

キ

0
4
5

讀音 [ki]

字源：片假名是由漢字楷書偏旁演化而來的喔！

幾 ▶ 亾 ▶ キ

延伸學習例句

予約をキャンセルしました。
我取消預約了。

跟著表格第一列的指導一步一步開始吧！

キ	一	二	キ	キ	キ	キ

！要注意喔

這樣寫就錯了：

井 ✕

要稍微有點斜
斜的！

🎵 MP3 Track 017

し的濁音是 じ，
但沒有半濁音。

shi
shi

し

讀音 [shi]

字源：平假名是由漢字草書演化而來的喔！

之 ▶ 之 ▶ し

延伸學習例句 ▶ どうも失礼（しつれい）です。 真的很對不起。

跟著表格第一列的指導一步一步開始吧！

し	し	じ	じ	じ	じ	じ	じ

❗ 要注意喔

這樣寫就錯了：

✗

中間要彎曲喔！

シ的濁音是ジ，
但沒有半濁音。

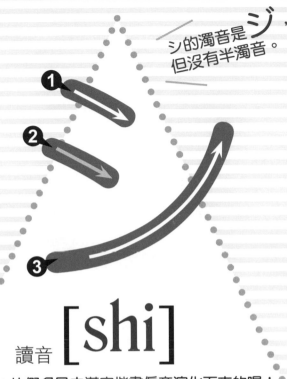

1
2
3

shi

シ
....
0
4
7

讀音 **[shi]**

字源：片假名是由漢字楷書偏旁演化而來的喔！

之 ▶ 之 ▶ シ

延伸學習例句 ▶ **シートはいくつありますか？**
有多少座位呢？

跟著表格第一列的指導一步一步開始吧！

シ	ˋ	˵	シ	シ	シ	シ

！ 要注意喔

請這樣寫：

シ

要由左下往右
上寫！

MP3 Track 018

ち的濁音是ぢ，但沒有半濁音喔！

① **②**

chi

ち

……048

[chi]

讀音 **[chi]**

字源：平假名是由漢字草書演化而來的喔！

知 ▸ ち ▸ ち

延伸學習例句 ▸ ちょっと待ってください。 請等一下。

跟著表格第一列的指導一步一步開始吧！

ち	一	ち	ち	ち	ち	ち

！要注意喔

這樣寫就錯了：

ち ✕

要彎彎的才對，不能有角度喔！

チ的濁音是ヂ，
但沒有半濁音。

chi

チ……049

[chi]
讀音

字源：片假名是由漢字楷書偏旁演化而來的喔！

千 ▶ チ ▶ チ

延伸學習例句

はは
母はチョコレートを作りました
つく
媽媽做了巧克力。

！要注意喔

這樣寫就錯了：

チ ✗

不能像國字的
「千」，要向左彎
才對！

跟著表格第一列的指導一步一步開始吧！

チ	一	二	チ	チ	チ	チ

に沒有濁音也沒有半濁音喔!

ni

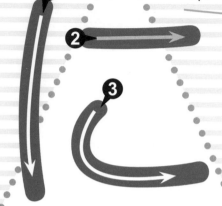

讀音 [ni]

字源:平假名是由漢字草書演化而來的喔!

仁 ▶ 仁 ▶ に

延伸學習例句

わたし　とりにく　　だい　す
私は鶏肉が大好きです。
我最喜歡吃雞肉。

に
⋮
0
5
0

跟著表格第一列的指導一步一步開始吧!

に	l	l二	に	に	に	に

！要注意喔

這樣寫就錯了:

要有弧度!

二沒有濁音也沒有半濁音喔！

❶ →

❷ →

ni

讀音 **[ni]**

字源：片假名是由漢字楷書偏旁演化而來的喔！

仁 ▶ ニ ▶ 二

0
5
1

延伸學習例句 — その<ruby>ニュース<rt>き</rt></ruby>を聞きましたか？

你聽說那則新聞了嗎？

跟著表格第一列的指導一步一步開始吧！

二	一	一	......	......	......	......

！要注意喔

這樣寫就錯了：

◯ ✗

要上短下長，像數字的二！

ひ的濁音是 び，
半濁音是 ぴ。

hi

ひ

0
5
2

讀音 [hi]

字源：平假名是由漢字草書演化而來的喔！

比 ▶ た ▶ ひ

延伸學習例句 ▶ 昼飯を食べましたか？你吃午飯了嗎？

跟著表格第一列的指導一步一步開始吧！

ひ	ひ	ひ	ひ	ひ	ひ	ひ

要注意喔

這樣寫就錯了：

要稍微斜斜的不能直直往下！

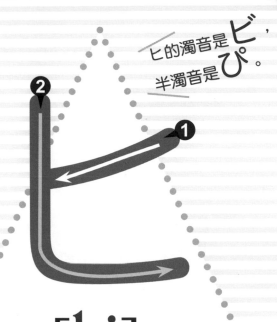

ヒ的濁音是ビ，
半濁音是ぴ。

hi

ヒ

052

讀音 [hi]

字源：片假名是由漢字楷書偏旁演化而來的喔！

比 ▶ ヒ ▶ ヒ

延伸學習例句 ▶ 父は私のヒーロです。
爸爸是我的英雄。

跟著表格第一列的指導一步一步開始吧！

ヒ	｀	ヒ	ヒ	ヒ	ヒ	ヒ

要注意喔

這樣寫就錯了：

稍微圓潤一
點！

MP3 Track 021

み沒有濁音
也沒有半濁音喔！

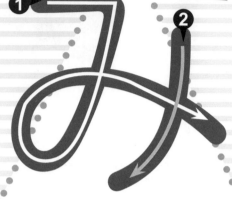

mi

み
……
0
5
4

[mi]

讀音

字源：平假名是由漢字草書演化而來的喔！

美 ▶ 姜 ▶ み

延伸學習例句

その人は身持ちが悪い。

那個人品行不良。

跟著表格第一列的指導一步一步開始吧！

み	み	み	み	み	み	み

要注意喔

這樣寫就錯了：

みx

不要有波浪的
造型！

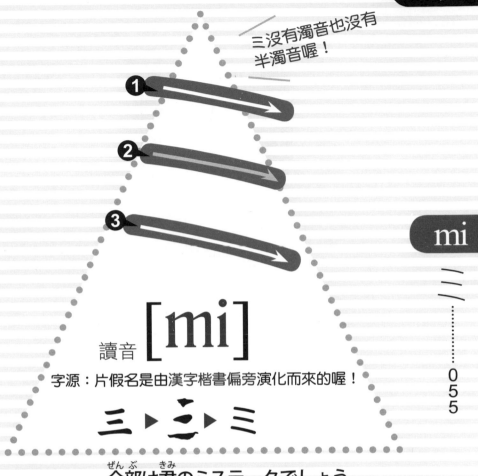

三沒有濁音也沒有半濁音喔！

① ② ③

mi

讀音 [mi]

字源：片假名是由漢字楷書偏旁演化而來的喔！

三 ▶ 三 ▶ ミ

0
5
5

延伸學習例句

ぜんぶ　　きみ
全部は君のミステークでしょう。
全部都是你的錯吧。

跟著表格第一列的指導一步一步開始吧！

！要注意喔

這樣寫就錯了：

✗

三劃要平行！

ミ	一	二	三	ミ	ミ	ミ

り沒有濁音也沒有半濁音喔！

ri

り……056

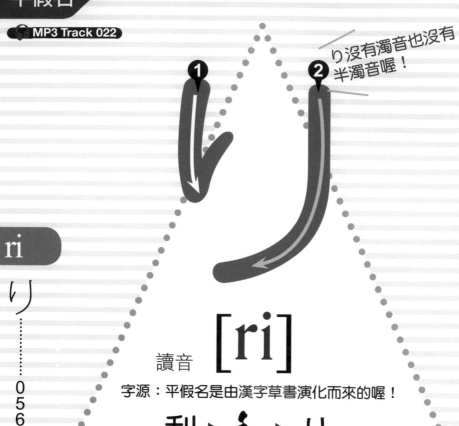

讀音 [ri]

字源：平假名是由漢字草書演化而來的喔！

利 ▶ 利 ▶ り

延伸學習例句 ▶ 旅行案内を読みます。 閱讀旅行指南。
りょこうあんない　　　　よ

跟著表格第一列的指導一步一步開始吧！

！ 要注意喔

這樣寫就錯了：

め ✕

手寫時盡量別連在一起寫！

り	′	り	り	り	り	り

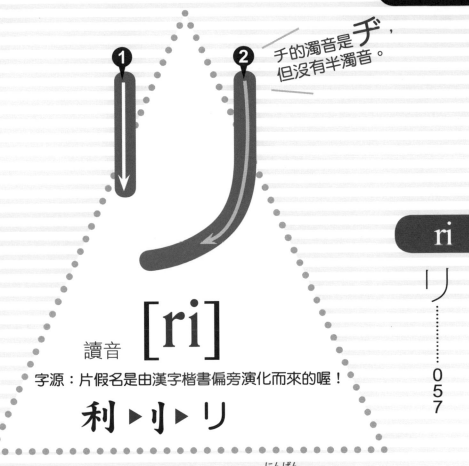

チ的濁音是ヂ，但沒有半濁音。

① ②

ri

讀音 [ri]

字源：片假名是由漢字楷書偏旁演化而來的喔！

利 ▶ リ ▶ リ

リ……057

延伸學習例句 ▶ リーダーはどのような人間ですか？
にんげん

領袖是個什麼樣的人？

跟著表格第一列的指導一步一步開始吧！

リ	㇑	リ	リ	リ	リ	リ

！要注意喔

這樣寫就錯了：

φ) ✕

離太遠！

MP3 Track 023

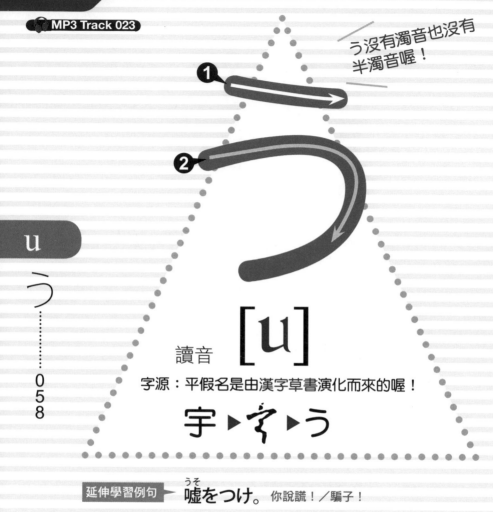

う沒有濁音也沒有半濁音喔！

1

2

u

う……058

讀音 [u]

字源：平假名是由漢字草書演化而來的喔！

宇 ▶ ぞ ▶ う

延伸學習例句 嘘をつけ。 你說謊！／騙子！

跟著表格第一列的指導一步一步開始吧！

う	丶	う	う	う	う	う

！ 要注意喔

這樣寫就錯了：

不能有角，要彎一點！

ウ沒有濁音也沒有
半濁音喔！

1
2
3

u

ウ……059

讀音 **[u]**

字源：片假名是由漢字楷書偏旁演化而來的喔！

字 ▶ 宀 ▶ ウ

延伸學習例句

このウイークは休(やす)みです。

這個星期放假。

跟著表格第一列的指導一步一步開始吧！

ウ	'	'	ウ	ウ	ウ	ウ

！要注意喔

這樣寫就錯了：

ウ ✕

太彎了，要有
角度！

MP3 Track 024

く的濁音是 ぐ，
但沒有半濁音。

ku

く

0
6
0

[ku]

讀音 [ku]

字源：平假名是由漢字草書演化而來的喔！

久 ▶ 之 ▶ く

延伸學習例句

緊張した空気を感じた。
きんちょう　　くうき　　かん
我感覺到緊張的氣氛。

跟著表格第一列的指導一步一步開始吧！

く	く	く	く	く	く	く

要注意喔

這樣寫就錯了：

✗

不用這麼彎！

ク的濁音是グ，但沒有半濁音。

ku

ク·········
0
6
1

[ku]
讀音
字源：片假名是由漢字楷書偏旁演化而來的喔！

久 ▶ ク ▶ ク

延伸學習例句
クリスマスのプレゼントは何(なん)ですか？
聖誕節禮物是什麼呢？

跟著表格第一列的指導一步一步開始吧！

要注意喔

這樣寫就錯了：

角度要有點斜！

ク	ノ	ク	ク	ク	ク	ク

す的濁音是 ず，但沒有半濁音

su

す……062

讀音 [su]

字源：平假名是由漢字草書演化而來的喔！

寸 ▶ 寸 ▶ す

延伸學習例句

好きな人はいますか？
你有喜歡的人嗎？

！要注意喔

這樣寫就錯了：

お×

中間的打結處
不要過大喔！

跟著表格第一列的指導一步一步開始吧！

す	一	す	す	す	す	す

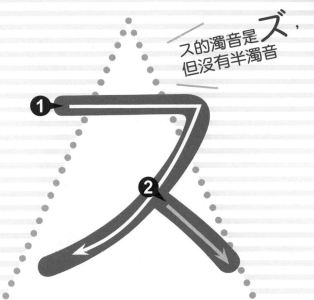

ス的濁音是ズ，
但沒有半濁音

su

ス 063

讀音 [su]

字源：片假名是由漢字楷書偏旁演化而來的喔！

須 ▶ 禿 ▶ ス

延伸學習例句 ▶ その子はとてもスウィートですね。

那個孩子真是甜美。

跟著表格第一列的指導一步一步開始吧！

ス	フ	ス	ス	ス	ス	ス

要注意喔

這樣寫就錯了：

這一劃不要太
長喔！

つ的濁音是づ，但沒有半濁音。

tsu

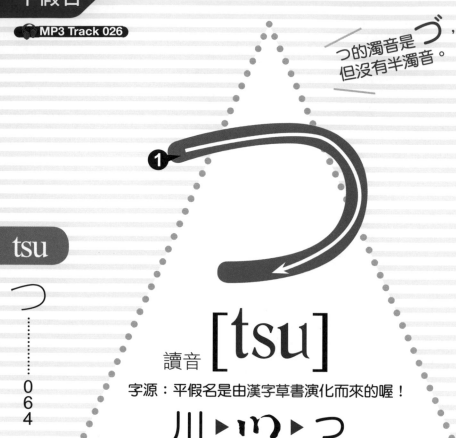

[tsu]

讀音

字源：平假名是由漢字草書演化而來的喔！

川 ▶ 巛 ▶ つ

0
6
4

延伸學習例句 ▶ 父は体が強い。 爸爸身體健壯。

跟著表格第一列的指導一步一步開始吧！

！ 要注意喔

這樣寫就錯了：

要圓滑曲線喔！

つ	つ	つ	つ	つ	つ	づ

ツ的濁音是 ヅ，
但沒有半濁音。

tsu

ツ

065

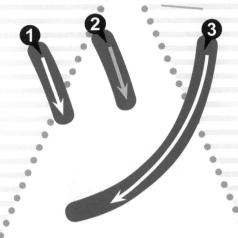

讀音 [tsu]

字源：片假名是由漢字楷書偏旁演化而來的喔！

川 ▸ ヽ ▸ ソ ▸ ツ

延伸學習例句

　　おおぜい
ツーリストが大勢います。

有很多觀光客。

跟著表格第一列的指導一步一步開始吧！

！要注意喔

請這樣寫：

要由右上往左
下寫！

ツ	ヽ	ヽヽ	ツ	ツ	ツ	ツ

MP3 Track 027

ぬ沒有濁音
也沒有半濁音喔！

① ②

nu

ぬ
....
0
6
6

[nu]

讀音

字源：平假名是由漢字草書演化而來的喔！

奴 ▶ ぬ ▶ ぬ

延伸學習例句

ぬけぬけと嘘を言う
<ruby>嘘<rt>うそ</rt></ruby><ruby>言<rt>い</rt></ruby>

若無其事地說謊。

跟著表格第一列的指導一步一步開始吧！

ぬ	＼	ぬ	ぬ	ぬ	ぬ	ぬ

！要注意喔

這樣寫就錯了：

ぬ ✕

太瘦了！

ヌ沒有濁音
也沒有半濁音喔！

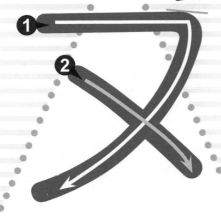

nu

ヌ.........067

讀音 [nu]

字源：片假名是由漢字楷書偏旁演化而來的喔！

奴 ▶ ヌ ▶ ヌ

延伸學習例句 あそこのヌードは綺麗です。
那邊的雕像好美。

跟著表格第一列的指導一步一步開始吧！

ヌ	フ	ヌ	ヌ	ヌ	ヌ	ヌ

！要注意喔

這樣寫就錯了：

不用連起來！

ふ的濁音是 ぶ，
半濁音是 ぷ。

fu

ふ……068

讀音 **[fu]**

字源：平假名是由漢字草書演化而來的喔！

不 ▸ ふ ▸ ふ

延伸學習例句

わたし　まいあさ　ふ　ろ　　はい
私は毎朝風呂に入る
我每天早上洗澡。

！要注意喔

這樣寫就錯了：

ふ ✕

別寫成小了！

跟著表格第一列的指導一步一步開始吧！

ふ	ろ	ふ	ふ	ふ	ふ	ふ

フ的濁音是 ブ，
半濁音是 プ。

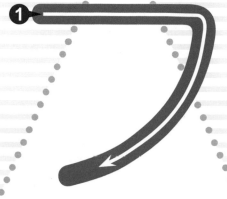

fu

フ

069

讀音 [fu]

字源：片假名是由漢字楷書偏旁演化而來的喔！

不 ▶ ア ▶ フ

延伸學習例句
フルーツは健康にいいです。
けんこう
水果對健康有益。

跟著表格第一列的指導一步一步開始吧！

！ 要注意喔

這樣寫就錯了：

ク ✕

太彎了！

フ	フ	フ	フ	フ	フ	フ

MP3 Track 029

む沒有濁音
也沒有半濁音喔！

1 **2** **3**

む

mu

讀音 **[mu]**

字源：平假名是由漢字草書演化而來的喔！

武 ▶ む ▶ む

延伸學習例句

それは無理な注文だ。
那是無理的要求。

0
7
0

跟著表格第一列的指導一步一步開始吧！

む	一	む	む	む	む	む

!要注意喔

這樣寫就錯了：

太短了，再寫
下方一點！

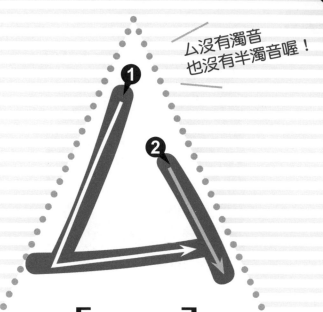

ム沒有濁音
也沒有半濁音喔！

mu

ム

讀音 **[mu]**

字源：片假名是由漢字楷書偏旁演化而來的喔！

牟 ▶ ㄙ ▶ ム

延伸學習例句 ムードはどうですか？
你的心情如何？

跟著表格第一列的指導一步一步開始吧！

! 要注意喔

這樣寫就錯了：

ム ✗

太長了！

ム	∠	ム	ム	ム	ム	ム

MP3 Track 030

ゆ沒有濁音
也沒有半濁音喔!

①②

yu

ゆ

072

讀音 [yu]

字源:平假名是由漢字草書演化而來的喔!

由 ▶ 由 ▶ ゆ

延伸學習例句

明日は雪が降る。
あした　ゆき　ふ

明天會下雪。

跟著表格第一列的指導一步一步開始吧!

! 要注意喔

這樣寫就錯了:

ゆ ✕

不用連起來!

ゆ	ひ	ゆ	ゆ	ゆ	ゆ	ゆ

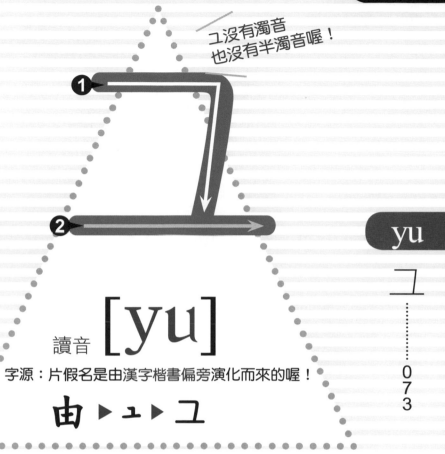

ユ沒有濁音
也沒有半濁音喔！

yu

ユ

0
7
3

讀音 [yu]

字源：片假名是由漢字楷書偏旁演化而來的喔！

由 ▶ ユ ▶ ユ

延伸學習例句 ▶ 先生はユーモアのある人です。
せんせい　　　　　　　　　　ひと

老師是個幽默的人。

跟著表格第一列的指導一步一步開始吧！

ユ	フ	ユ	ユ	ユ	ユ	ユ

！ 要注意喔

這樣寫就錯了：

㇋✗

要凸出來！

る沒有濁音
也沒有半濁音喔！

ru

る

074

讀音 [ru]

字源：平假名是由漢字草書演化而來的喔！

留 ▶ 冶 ▶ る

延伸學習例句

これに類するものある？

有跟這個相似的東西嗎？

跟著表格第一列的指導一步一步開始吧！

! 要注意喔

這樣寫就錯了：

太長了！

る	る	る	る	る	る	る

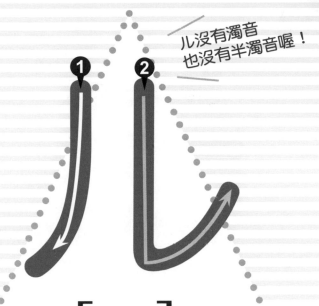

ル沒有濁音
也沒有半濁音喔！

ru

ル
....
0
7
5

讀音 [ru]

字源：片假名是由漢字楷書偏旁演化而來的喔！

流 ▶ ㇄ ▶ ル

延伸學習例句 ▶ このゲームのルールは何ですか？
　　　　　　　　　　　　　　　なん
　　　　　　　　　 這個遊戲的規則是什麼？

跟著表格第一列的指導一步一步開始吧！

!要注意喔

這樣寫就錯了：

㇉ ✕

不能彎，會變成
注音符號的ㄦ！

ル	丿	ル	ル	ル	ル	ル

え沒有濁音
也沒有半濁音喔！

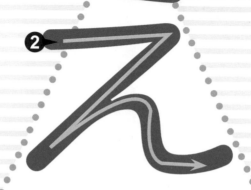

① ②

e

え

......076

讀音 **[e]**

字源：平假名是由漢字草書演化而來的喔！

衣 ▶ 衣 ▶ え

延伸學習例句 ▶ その映画を見に行きますか？

你要去看那部電影嗎？

跟著表格第一列的指導一步一步開始吧！

え	＼	え	え	え	え	え

⚠ 要注意喔

這樣寫就錯了：

え ✕

不能有角，要
圓滑曲線！

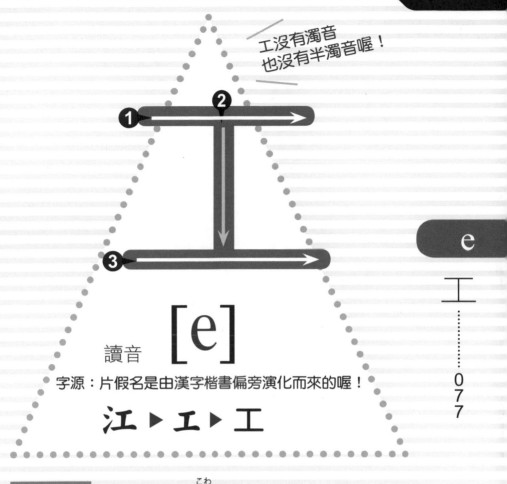

工沒有濁音
也沒有半濁音喔！

e

工
....
0
7
7

讀音 **[e]**

字源：片假名是由漢字楷書偏旁演化而來的喔！

江 ▶ エ ▶ 工

延伸學習例句 ▶ エンジンは壊れた。 引擎壞掉了。

跟著表格第一列的指導一步一步開始吧！

エ	一	丁	エ	エ	エ	エ

要注意喔

這樣寫就錯了：

✕

太長了！

け的濁音是げ，但沒有半濁音。

① ② ③

ke

け
……
0
7
8

讀音 [ke]

字源：平假名是由漢字草書演化而來的喔！

計 ▶ け ▶ け

延伸學習例句 ▶ 彼女(かのじょ)は元気(げんき)がない。 她沒有精神。

跟著表格第一列的指導一步一步開始吧！

| け | I | I-
I-け	け	け	げ

要注意喔

這樣寫就錯了：

太長！

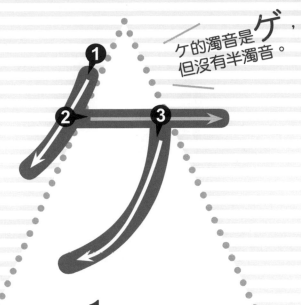

ケ的濁音是ゲ，
但沒有半濁音。

ke

ケ

079

讀音 **[ke]**

字源：片假名是由漢字楷書偏旁演化而來的喔！

介 ▶ ケ ▶ ケ

延伸學習例句

私はケーキが食べたい。

我想要吃蛋糕。

跟著表格第一列的指導一步一步開始吧！

ケ	ノ	⼻	ケ	ケ	ケ	ケ

！要注意喔

這樣寫就錯了：

不用彎！

せ的濁音是 ぜ，但沒有半濁音喔！

③ ② ①

se

せ
．．．．．．
0
8
0

[se]

讀音

字源：平假名是由漢字草書演化而來的喔！

世 ▶ せ ▶ せ

延伸學習例句

彼はこのことに責任があります。
かれ　　　　　　　せきにん
他對這件事有責任。

跟著表格第一列的指導一步一步開始吧！

せ	一	ナ	せ	せ	せ	せ

要注意喔

這樣寫就錯了：

要力點彎度才美！

セ的濁音是ゼ，
但沒有半濁音。

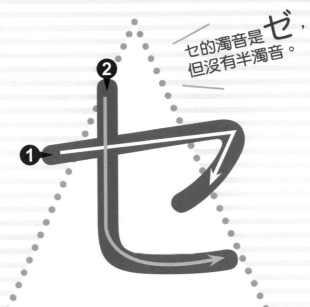

se

セ

081

[se]

讀音

字源：片假名是由漢字楷書偏旁演化而來的喔！

世 ▸ セ ▸ セ

延伸學習例句
兄はこの店のセールスマンですよ。
哥哥是這間店的售貨員。

跟著表格第一列的指導一步一步開始吧！

セ	フ	セ	セ	セ	セ	セ

！要注意喔

這樣寫就錯了：

✗

不用彎太多！

MP3 Track 035

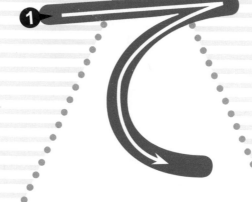

て的濁音是 で，
但沒有半濁音。

te

て‥‥‥
082

讀音 [te]

字源：平假名是由漢字草書演化而來的喔！

天 ▶ 乙 ▶ て

延伸學習例句 ▶ 手洗いはどこですか？
　　　　　　　洗手間在哪裡？

跟著表格第一列的指導一步一步開始吧！

て	て	て	て	て	て	て

！要注意喔

這樣寫就錯了：

要水平線！

テ的濁音是デ，
但沒有半濁音。

te

テ

083

讀音 [te]

字源：片假名是由漢字楷書偏旁演化而來的喔！

天 ▶ テ ▶ テ

延伸學習例句
こんばん こばやし
今晩は小林さんとデートがあります。
今天晚上我和小林先生有約會。

跟著表格第一列的指導一步一步開始吧！

！要注意喔	テ	一	二	テ	テ	テ	テ
這樣寫就錯了：⊝✗							
テ 短一點！							

ね没有濁音
也没有半濁音喔！

ne

ね

0
8
4

① ②

讀音 **[ne]**

字源：平假名是由漢字草書演化而來的喔！

祢 ▶ 祢、 ▶ ね

延伸學習例句 ▶ 値段はいくらですか？

多少錢？

跟著表格第一列的指導一步一步開始吧！

ね	l	ね	ね	ね	ね	ね

！要注意喔

這樣寫就錯了：

ね ✕

不要往下拉長！

ネ沒有濁音
也沒有半濁音喔！

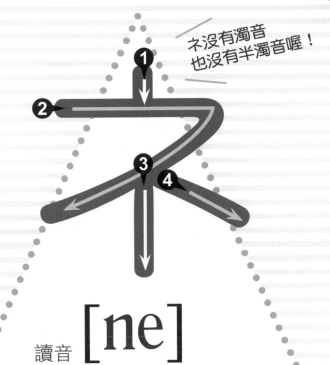

ne

ネ

讀音 [ne]

字源：片假名是由漢字楷書偏旁演化而來的喔！

祢 ▶ ネ ▶ ネ

延伸學習例句　ネームを教えてくれますか？
可以告訴我你的名字嗎？

跟著表格第一列的指導一步一步開始吧！

ネ	`	ﾗ	ｽ	ネ	ネ	ネ

！要注意喔

這樣寫就錯了：

太長囉！

へ的濁音是 べ，
半濁音是 ぺ。

he

へ

086

①

讀音 [he]

字源：平假名是由漢字草書演化而來的喔！

部 ▶ 郶 ▶ へ

延伸學習例句 ▶ 私は部屋を取る。 我要訂房。

跟著表格第一列的指導一步一步開始吧！

へ	へ	⌒	⌒	⌒	⌒	⌒

要注意喔

這樣寫就錯了：

✕

中間的一橫要
稍微彎曲喔！

ヘ的濁音是 ベ，
半濁音是 ペ。

he

ヘ

0
8
7

讀音 [he]

字源：片假名是由漢字楷書偏旁演化而來的喔！

部 ▶ 阝 ▶ ヘ

延伸學習例句 ▶ 母はベッドの上に寝た。
媽媽在床上睡覺。

跟著表格第一列的指導一步一步開始吧！

要注意喔

這樣寫就錯了：

✕

角度明顯
一點！

ヘ	ヘ	︵	︵	︵	︵	︵

MP3 Track 038

め沒有濁音
也沒有半濁音喔！

me

め

0
8
8

讀音 **[me]**

字源：平假名是由漢字草書演化而來的喔！

女 ▶ め ▶ め

延伸學習例句 ▶ 母は時々面倒臭い。 媽媽有時很囉唆。
はは ときどきめんどうくさ

跟著表格第一列的指導一步一步開始吧！

め	い	め	め	め	め	め

要注意喔

這樣寫就錯了：

め ✗

要長一點！

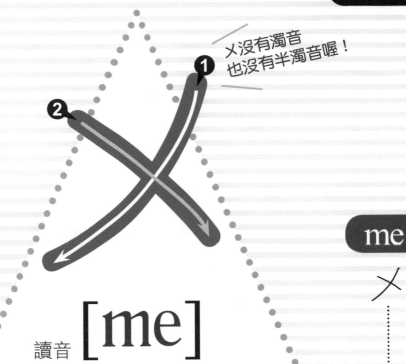

メ沒有濁音
也沒有半濁音喔！

me

メ

0
8
9

讀音 **[me]**

字源：片假名是由漢字楷書偏旁演化而來的喔！

女 ▶ メ ▶ メ

延伸學習例句 ▶ 今回の旅行はいいメモリーになった。
こんかい　りょこう
這次的旅行成了美好的回憶。

跟著表格第一列的指導一步一步開始吧！

メ	ノ	メ	メ	メ	メ	メ

⚠ **要注意喔**

這樣寫就錯了：

太短看起來會
像X！

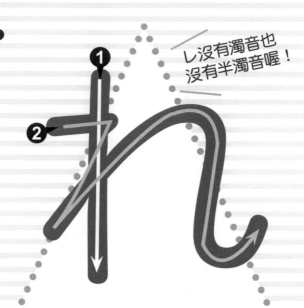

し沒有濁音也
沒有半濁音喔！

re

れ

0
9
0

讀音 **[re]**

字源：平假名是由漢字草書演化而來的喔！

礼 ▶ 礼 ▶ れ

延伸學習例句 電話で連絡してね。 打電話連絡我吧。

でんわ れんらく

跟著表格第一列的指導一步一步開始吧！

要注意喔

這樣寫就錯了：

ね ✗

要彎一點！

れ	l	れ	れ	れ	れ	れ

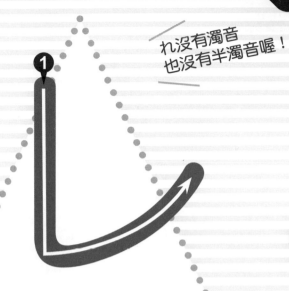

れ沒有濁音
也沒有半濁音喔！

読音 [re]

字源：片假名是由漢字楷書偏旁演化而來的喔！

礼 ▶ し ▶ レ

re

レ
....
0
9
1

延伸學習例句 ▶ レストランで晩御飯を食べましょう。
ばん ご はん た

在餐廳吃晚餐吧。

跟著表格第一列的指導一步一步開始吧！

レ	レ	レ	レ	レ	レ	レ

要注意喔

這樣寫就錯了：

長一點！

🎵 MP3 Track 040

ん沒有濁音也沒有
半濁音喔！

ん

n

ん

0
9
2

讀音 **[n]**

字源：平假名是由漢字草書演化而來的喔！

无 ▶ え ▶ ん

延伸學習例句 ▶ 私は行きません。 我不去。
わたし　 い

跟著表格第一列的指導一步一步開始吧！

ん	ん	ん	ん	ん	ん	ん

！ 要注意喔

這樣寫就錯了：

ん ✕

要彎起來！

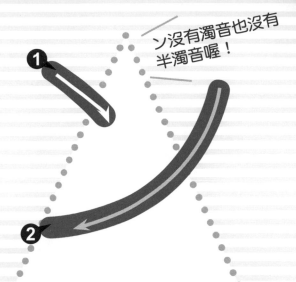

ン沒有濁音也沒有半濁音喔！

n
n
ン

讀音 [n]

字源：片假名是由漢字楷書偏旁演化而來的喔！

尔 ▶ ㇑ ▶ ン

延伸學習例句 インドネシアへ行きたいです。

我想要去印度。

跟著表格第一列的指導一步一步開始吧！

! 要注意喔

請這樣寫：

要由左下往右上寫！

ン	`	ン	⸜	⸜	⸜	⸜

お沒有濁音
也沒有半濁音喔！

❶ ❷ ❸

お

o

お……094

讀音 [o]

字源：平假名是由漢字草書演化而來的喔！

於 ▶ 扵 ▶ お

延伸學習例句 ▶ 教えてください。 請教我。
　　　　　　　　おし

跟著表格第一列的指導一步一步開始吧！

お	一	お	お	お	お	お

要注意喔

這樣寫就錯了：

不用超出太多！

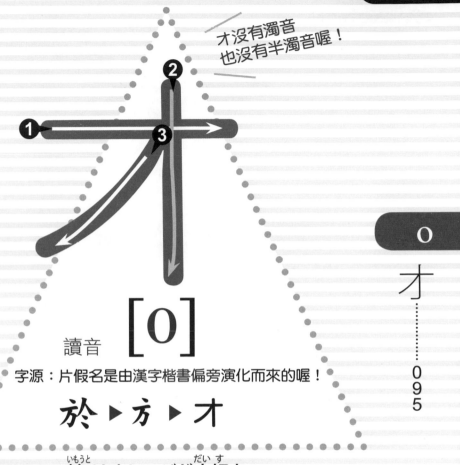

オ沒有濁音
也沒有半濁音喔！

[O]
讀音

字源：片假名是由漢字楷書偏旁演化而來的喔！

於 ▶ 方 ▶ オ

o

オ

095

延伸學習例句

妹(いもうと) はオレンジが大好(だいす)き。

妹妹最喜歡吃柳橙了。

跟著表格第一列的指導一步一步開始吧！

オ	一	十	オ	オ	オ	オ

こ的濁音是 ご，
但沒有半濁音。

ko

こ ……… 0 9 6

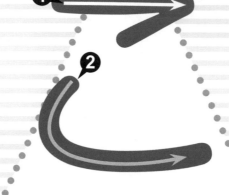

讀音 [ko]

字源：平假名是由漢字草書演化而來的喔！

己 ▶ こ ▶ こ

延伸學習例句

かのじょ　　こころ　　　　　　　　ひと
彼女は心のやさしい人。

她是個善良的人。

⚠ 要注意喔

這樣寫就錯了：

上面的曲線要
短一點！

跟著表格第一列的指導一步一步開始吧！

こ	⁻	こ	こ	こ	こ	こ

コ的濁音是ゴ，
但沒有半濁音。

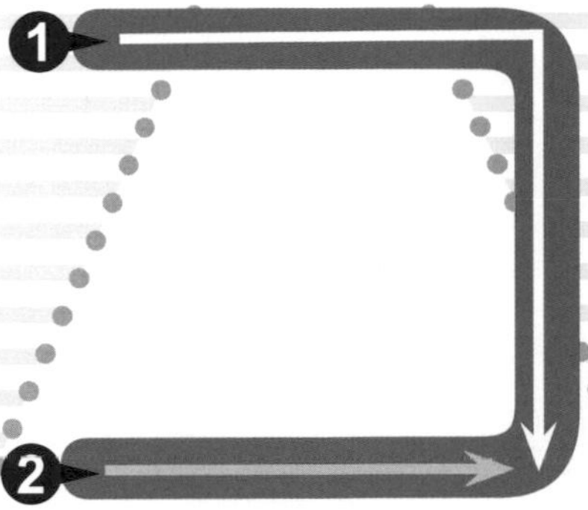

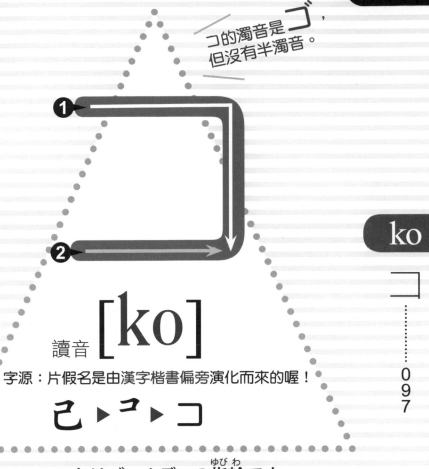

讀音 [ko]

字源：片假名是由漢字楷書偏旁演化而來的喔！

延伸學習例句

これはゴールデンの指輪（ゆびわ）です。

這是黃金的戒指。

跟著表格第一列的指導一步一步開始吧！

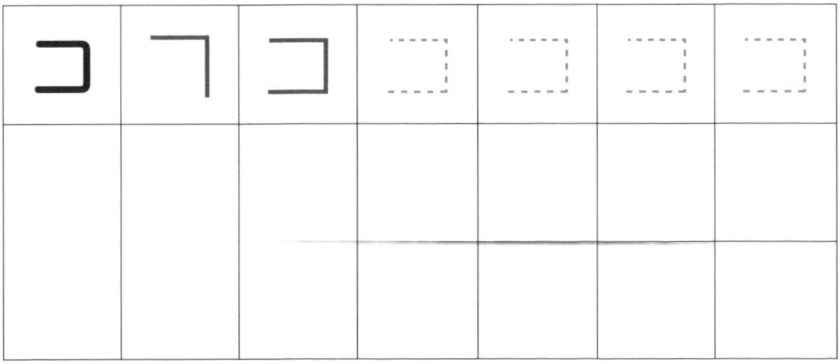

要注意喔

這樣寫就錯了：

不能凸出來喔！
會變成片假名「ユ」（yu）

MP3 Track 043

そ的濁音是 ぞ，
但沒有半濁音喔！

①

SO

そ……098

讀音 [SO]

字源：平假名是由漢字草書演化而來的喔！

曾 ▶ そ ▶ そ

延伸學習例句 ▶ そうぞう
想像してください。 請想像一下。

跟著表格第一列的指導一步一步開始吧！

そ	そ	そ	そ	そ	そ	そ

！要注意喔

另一種寫法：

そ

手寫時可以寫
成這樣！

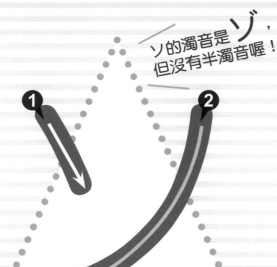

ソ的濁音是ゾ，
但沒有半濁音喔！

SO

ソ

0
9
9

讀音 [SO]

字源：片假名是由漢字楷書偏旁演化而來的喔！

曾 ▶ ゛ ▶ ソ

こんばん　えんそうかい
今晩の演奏会はソロです。

延伸學習例句

今晚的表演是獨奏。

跟著表格第一列的指導一步一步開始吧！

ソ	ヽ	ソ	ソ	ソ	ソ	ソ

！要注意喔

請這樣寫：

ソ

要由右上往左下寫
喔！反了會變成片
假名「ン」(n)

MP3 Track 044

と的濁音是 ど，
但沒有半濁音。

1

2

to

と

1
0
0

と

[to]

讀音 [to]

字源：平假名是由漢字草書演化而來的喔！

止 ▶ 𛀆 ▶ と

延伸學習例句

かいしゃ
会社はここから遠い。
とお

公司距離這裡很遠。

! 要注意喔

這樣寫就錯了：

と ✗

這太直了！

跟著表格第一列的指導一步一步開始吧！

と	ヽ	と	と	と	と	と

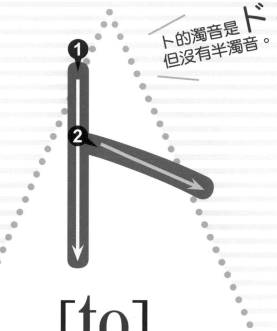

ト的濁音是ド，
但沒有半濁音。

to

[to]

讀音

字源：片假名是由漢字楷書偏旁演化而來的喔！

止 ▶ ト ▶ ト

ト
1
0
1

延伸學習例句 ▶ トイレはどこですか？ 廁所在哪裡呢？

跟著表格第一列的指導一步一步開始吧！

要注意喔

這樣寫就錯了：

ト ✕

要下面一點喔！

ト	｜	ト	ト	ト	ト	ト

MP3 Track 045

の沒有濁音
也沒有半濁音喔！

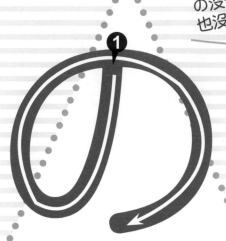

no

の

1
0
2

讀音 [no]

字源：平假名是由漢字草書演化而來的喔！

乃 ▶ 乃 ▶ の

延伸學習例句 ▶ 薬を飲む 吃藥。

跟著表格第一列的指導一步一步開始吧！

の	の	の	の	の	の	の

要注意喔

這樣寫就錯了：

の ✕

要長一點！

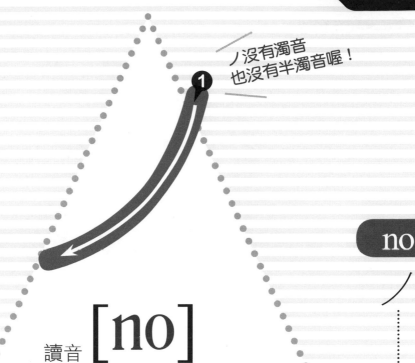

ノ沒有濁音
也沒有半濁音喔！

no

讀音 [no]

字源：片假名是由漢字楷書偏旁演化而來的喔！

乃 ▶ ノ ▶ ノ

1
0
3

延伸學習例句 ▶ ノートを書きます。 抄筆記。

跟著表格第一列的指導一步一步開始吧！

要注意喔

這樣寫就錯了：

✗

不要太直，要ㄅ
弧度！

ノ	ノ	ノ	ノ	ノ	ノ	ノ

ほ的濁音是ぼ，
半濁音是ぽ。

① ② ④ ③ ほ

ho

ほ……104

[ho]

讀音

字源：平假名是由漢字草書演化而來的喔！

保 ▶ 係 ▶ ほ

延伸學習例句

欲(ほ)しい物(もの)は何(なん)ですか？

你有想要的東西嗎？

跟著表格第一列的指導一步一步開始吧！

ほ	l	l⁻	l⁼	ほ	ほ	ほ

木的濁音是ボ，
半濁音是ポ。

ho

ホ
105

讀音 [ho]

字源：片假名是由漢字楷書偏旁演化而來的喔！

保 ▶ 朩 ▶ ホ

延伸學習例句　どのホテルが安いですか？
哪間旅館便宜呢？

跟著表格第一列的指導一步一步開始吧！

！要注意喔

這樣寫就錯了：

未 ✕

不可以連在
一起！

ホ	一	十	オ	ホ	ホ	ホ

MP3 Track 047

も沒有濁音
也沒有半濁音喔！

1
2
3

mo

も

106

讀音 [mo]

字源：平假名是由漢字草書演化而來的喔！

毛 ▶ 乇 ▶ も

延伸學習例句　陳さんは物好きな人だ。
陳先生是個好奇的人。

要注意喔

這樣寫就錯了：

這太長了！

跟著表格第一列的指導一步一步開始吧！

も	し	も	も	も	も	も

モ沒有濁音
也沒有半濁音喔！

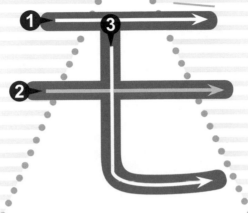

讀音 [mo]

字源：片假名是由漢字楷書偏旁演化而來的喔！

毛 ▶ モ ▶ モ

mo

モ

107

延伸學習例句 ── モテルとホテルはどちらがいい？

汽車旅館跟一般旅館哪個比較好？

跟著表格第一列的指導一步一步開始吧！

モ	一	二	モ	·モ·	·モ·	·モ·

！要注意喔

這樣寫就錯了：

モ ✕

不能凸出來！

MP3 Track 048

よ沒有濁音
也沒有半濁音喔！

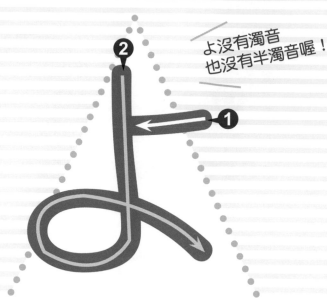

yo

よ

108

讀音 [yo]

字源：平假名是由漢字草書演化而來的喔！

与 ▶ ら ▶ よ

延伸學習例句 ▶ どちらでも宜しいです。
哪一個都好。

跟著表格第一列的指導一步一步開始吧！

よ	ー	よ	よ	よ	よ	よ

要注意喔

這樣寫就錯了：

太大了！

ヨ沒有濁音
也沒有半濁音喔！

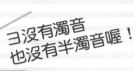

yo

ヨ
‥‥‥
1
0
9

讀音 **[yo]**

字源：片假名是由漢字楷書偏旁演化而來的喔！

與 ▶ ヨ ▶ ヨ

延伸學習例句 ▶ ヨガを習いたいです。 我想學瑜珈。

跟著表格第一列的指導一步一步開始吧！

ヨ	⁊	⁊	ヨ			

要注意喔

這樣寫就錯了：

不能凸出來！

ろ沒有濁音
也沒有半濁音喔！

ro

ろ

……110

讀音 [ro]

字源：平假名是由漢字草書演化而來的喔！

呂 ▶ 吕 ▶ ろ

延伸學習例句 おじいちゃんは蝋燭(ろうそく)をつける。
爺爺點燃蠟燭。

跟著表格第一列的指導一步一步開始吧！

ろ	ろ	ろ	ろ	ろ	ろ	ろ

要注意喔

這樣寫就錯了：

ろ ✕

要長一點喔！

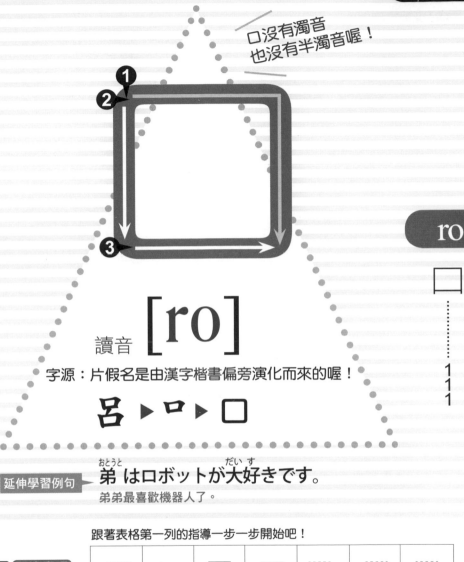

口沒有濁音
也沒有半濁音喔！

ro

讀音 [ro]

字源：片假名是由漢字楷書偏旁演化而來的喔！

呂 ▶ �口 ▶ 口

延伸學習例句 弟（おとうと）はロボットが大好（だいす）きです。

弟弟最喜歡機器人了。

跟著表格第一列的指導一步一步開始吧！

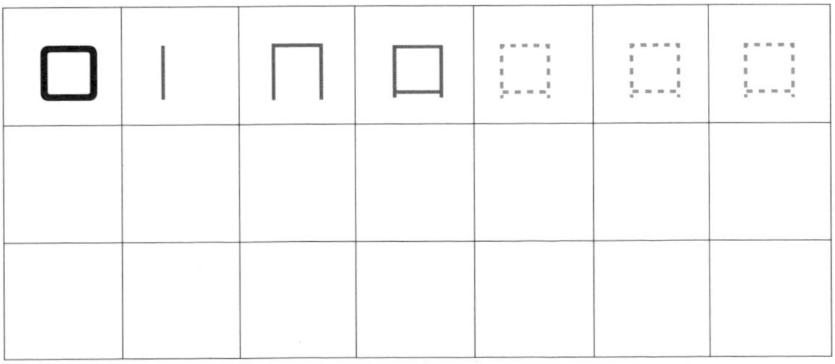

口	丨	冂	口	口	口	口

！要注意喔

請這樣寫：

寫成國字的口就
可以喔！

MP3 Track 050

を沒有濁音
也沒有半濁音喔！

wo

を
……112

① ②
③

[WO]

讀音 **[WO]**

字源：平假名是由漢字草書演化而來的喔！

遠 ▶ 㐂 ▶ を

延伸學習例句 ▶ 妹（いもうと）は本（ほん）を読（よ）む。 妹妹讀書。

跟著表格第一列的指導一步一步開始吧！

を	一	ナ	を	を	を	を

！要注意喔

這樣寫就錯了：

㐂 ✕

要寫成「乙」
不是「L」！

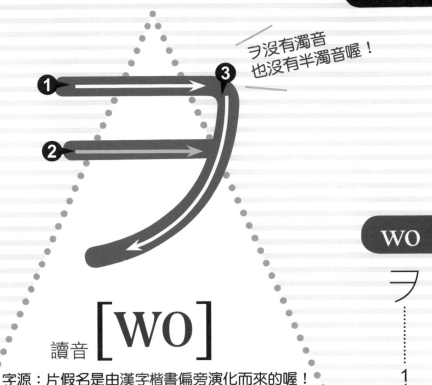

ヲ沒有濁音
也沒有半濁音喔！

WO

讀音 [WO]

字源：片假名是由漢字楷書偏旁演化而來的喔！

乎 ▶ ⺈ ▶ ヲ

ヲ
⋮
1
3

延伸學習例句

かれ
彼はヲタクですよ。
他是宅男喔。

跟著表格第一列的指導一步一步開始吧！

ヲ	ー	ニ	ヲ	ヲ	ヲ	ヲ

NOTES

PART 03

強化！五十音
升級戰鬥

01

30個
你不能不會的
日文漢字

01 相手（あいて）

對象；對手；同伴

- プレゼントの相手（あいて）はだれですか？

  你把禮物送給誰呢？

- 彼は私の相手（かれ　わたし　あいて）として足（た）りない。

  他並不是我的對手。

02 一番（いちばん）

最（好）的

- 私はりんごが一番（わたし　　　　　いちばん す）好きです。

  我最喜歡吃蘋果了。

- 一番近い郵便局（いちばんちか　　ゆうびんきょく）はどこですか？

  最近的郵局在哪裡？

03 嘘（うそ）

謊言；說謊

- これは嘘（うそ）でしょう。

  這是騙人的吧！

- 嘘（うそ）をつくな。

  別說謊啊！

延伸詞彙

01 結婚相手（けっこんあいて）結婚對象、デートの相手（あいて）約會對象

02 一番列車（いちばんれっしゃ）首班列車、一番打者（いちばんだしゃ）（棒球）的第一位打擊者

03 嘘つき（うそ）說謊者、嘘ばかり（うそ）滿是謊言

04 かぜ
風邪
感冒

- 私の友達は風邪をひいた。
  我的朋友感冒了。

- 彼は風邪をひきましたから、欠席しました。
  他因為感冒所以缺席。

MP3 Track 053

05 かっこう
格好
樣子；樣貌；外型

- この服の格好はどう思いますか？
  你覺得這件衣服的樣子如何？

- 彼はこの服の格好が嫌いです。
  他不喜歡這件衣服的樣子。

06 きげん
期限
期限

- きょうは期限です。
  今天是期限。

- 約束した期限はいつですか？
  約定好的期限是什麼時候？

延伸詞彙

04 風邪薬 感冒藥、風邪気味 快要感冒

05 格好悪い 不好看、格好いい 好看

06 消費期限（食品以外的）有效期限、賞味期限（食品的）有效期限

MP3 Track 054

07 化粧（けしょう）
化妝

- 彼女（かのじょ）はいつも電車（でんしゃ）で化粧（けしょう）をします。
  她總是在電車上化妝。

---

08 携帯（けいたい）
行動電話

- このクラスの皆（みんな）ほとんど携帯（けいたい）をもっています。
  這個班上的每個人幾乎都有行動電話。

- 父（ちち）の携帯（けいたい）は切（き）りっぱなしのようです。
  爸爸的手機好像沒開。

MP3 Track 055

09 残念（ざんねん）
可惜；遺憾

- 君（きみ）が来（こ）られないのは実（じつ）に残念（ざんねん）です。
  您不能前來實在是相當可惜。

- あしたはお会（あ）いできなくて残念（ざんねん）です。
  明天不能與你相見真是遺憾。

延伸詞彙

07 厚化粧（あつげしょう）濃妝、薄化粧（うすげしょう）淡妝

08 携帯食糧（けいたいしょくりょう）攜帶糧食、携帯音楽（けいたいおんがく）プレーヤー 攜帶式音樂播放器

09 残念会（ざんねんかい）安慰失敗者的聚會、残念賞（ざんねんしょう）安慰獎

試験 しけん

測驗;考試

・今日は英語の試験がある。 きょう えいご しけん

今天有個英文的測驗。

・彼女は試験に合格した。 かのじょ しけん ごうかく

她考試合格了。

MP3 Track 056

 自慢 じまん

自滿;自誇;很有信心;感到驕傲

・これは彼の自慢の料理です。 かれ じまん りょうり

這是他最得意的料理。

・自慢しないでください。 じまん

別再自吹自擂了。

 写真 しゃしん

照片

・写真をとってくれる？ しゃしん

可以幫我照張相嗎？

・あねは写真嫌いです。 しゃしんぎら

我姊姊不喜歡照相。

延伸詞彙

10　試験管 試管、試験紙 試紙 しけんかん しけんし

11　味自慢 對自己做的料理很有自信、喉自慢 對自己的歌喉很有自信 あじじまん のどじまん

12　写真集 照片集、写真家 攝影師 しゃしんしゅう しゃしんか

09 じょうず
上手

很棒；擅長；高明的

・彼は英語が上手です。
かれ えいご じょうず
他的英文很棒。

・上手にできました。
じょうず
做得好！

14 しんじゅう
心中

男女殉情；兩個人（以上）自殺

・この心中事件は恐ろしいです。
しんじゅう じ けん おそ
這個自殺事件真可怕。

・その二人は心中しました。
ふ たり しんじゅう
那兩個人殉情了。

15 しんぶん
新聞

報紙

・父は毎朝新聞を読みます。
ちち まいあさしんぶん よ
爸爸每天早上都會看報紙。

・今日の新聞を読みましたか？
きょう しんぶん よ
你看過今天的報紙了嗎？

延伸詞彙

13 上手回し 帆船、上手投げ 相撲
じょうず まわ うわ て な

14 一家心中 全家自殺、心中未遂 自殺未遂
いっ か しんじゅう しんじゅう み すい

15 新聞社 報社、英字新聞 英文報紙
しんぶんしゃ えい じ しんぶん

16 せんがん
洗顔
洗臉

・君は何で洗顔しますか？
  きみ　なん　せんがん
你用什麼洗臉？

・姉は毎朝洗顔します。
  あね　まいあさせんがん
姊姊每天早上都會洗臉。

🎧 MP3 Track 059

17 だいどころ
台所
廚房

・ここが台所です。
  だいどころ
這裡是廚房。

・台所をきれいにしてください。
  だいどころ
請把廚房打掃乾淨。

18 たんじょう
誕生
出生；新的事物問世

・ひとりの赤ちゃんが誕生 しました。
  あか　　　　　たんじょう
有一個小寶寶誕生了。

・その二人は同じ日に誕生 しました。
  ふたり　おな　ひ　たんじょう
那兩個人在同一天出生。

延伸詞彙

16　洗顔料 洗臉用品、洗顔クリーム 洗面乳
　　せんがんりょう　　　　　　　せんがん

17　台所道具 廚房用具、台所兼食堂 廚房兼餐廳
　　だいどころどうぐ　　　　　　だいどころけんしょくどう

18　誕生日 生日、誕生祝い 生日禮物
　　たんじょうび　　　　たんじょういわ

19 丼（どんぶり）

大碗（飯）；蓋飯

・母は丼を作りました。
母（はは）は丼（どんぶり）を作（つく）りました。
媽媽做了蓋飯。

・丼（どんぶり）はいろいろあります。
蓋飯有許多種類。

20 人気（にんき）

受歡迎；有人氣

・このゲームは小学生（しょうがくせい）に人気（にんき）がある。
這個遊戲深受小學生歡迎。

・そのテレビ番組（ばんぐみ）は人気（にんき）だそうです。
聽說那個電視節目很受歡迎。

21 人間（にんげん）

人；人類

・彼（かれ）は一体（いったい）どういうような人間（にんげん）ですか？
他到底是什麼樣的人呢？

・人間（にんげん）の歴史（れきし）は短（みじか）いです。
人類的歷史很短。

延伸詞彙

19 親子丼（おやこどん）加蛋的雞肉蓋飯、牛丼（ぎゅうどん）牛肉蓋飯

20 人気歌手（にんきかしゅ）當紅歌手、人気番組（にんきばんぐみ）熱門節目

21 人間蒸発（にんげんじょうはつ）失蹤；消失、人間関係（にんげんかんけい）人際關係

22 番号
ばんごう

號碼

- この番号は正しいですか？
  ばんごう　　ただ

  這個號碼是對的嗎？

- その番号を暗記できますか？
  ばんごう　あんき

  你能背那個號碼嗎？

MP3 Track 062

23 病院
びょういん

醫院

- 今日は母が病院を出ます。
  きょう　はは　びょういん　で

  媽媽今天要出院。

- 妹はわたしと一緒に病院へいきました。
  いもうと　　　　　いっしょ　びょういん

  妹妹和我一起去了醫院。

24 風呂
ふ　ろ

洗澡；澡堂

- 父は風呂に入っています。
  ちち　ふろ　はい

  爸爸正在洗澡。

- 赤ちゃんを風呂にいれました。
  あか　　　　ふろ

  為寶寶洗了澡。

25 勉強 (べんきょう)

用功；減價出售

• 兄は大学で日本語を勉強しています。
  哥哥在大學裡學習日文。

• もうちょっと勉強できませんか？
  可以再便宜一點嗎？

26 放題 (ほうだい)

無限；（通常指）吃到飽

• 食べ放題に行きませんか？
  要不要去吃到飽呢？

• この店では三百元で食べ放題です。
  這間店花三百元就可以吃到飽。

27 夢中 (むちゅう)

入迷；熱衷

• 彼は夢中で漫画を読んでいた。
  他沉迷於看漫畫。

• 彼はフランス語の勉強に夢中である。
  他熱衷於學習法語。

128

延伸詞彙

25 不勉強 不用功、勉強家 勤奮用功的人

26 飲み放題 喝到飽、取り放題 自由索取

27 夢中問答 佛教夢中問答集、夢中遊行症 夢遊

無料
むりょう
免費

- このサービスは無料です。
  むりょう
  這個服務是免費的。

- VIPは無料で入場できます。
  むりょう　にゅうじょう
  貴賓可以免費入場。

🎧 MP3 Track 065

 面倒
めんどう
麻煩

- 面倒をかけて、すみません。
  めんどう
  造成你的麻煩，真是抱歉。

- 彼は彼女の子供の面倒を見る。
  かれ　かのじょ　こども　めんどう　み
  他照顧她的孩子。

1
2
9

 有料
ゆうりょう
付費

- このサービスは有料ですか？
  ゆうりょう
  這個服務是付費的嗎？

- この展覧会は有料ですか？
  てんらんかい　ゆうりょう
  這個展覽是付費的嗎？

02 | 50個
日文
常用搭配詞

❶ にんじんを<ruby>食<rt>た</rt></ruby>べる	吃蘿蔔
❷ テレビを<ruby>見<rt>み</rt></ruby>る	看電視
❸ <ruby>新聞<rt>しんぶん</rt></ruby>を<ruby>読<rt>よ</rt></ruby>む	閱讀報紙
❹ <ruby>英語<rt>えいご</rt></ruby>を<ruby>話<rt>はな</rt></ruby>す	說英文
❺ <ruby>田中<rt>たなか</rt></ruby>さんを<ruby>遊<rt>あそ</rt></ruby>びに<ruby>連<rt>つ</rt></ruby>れて<ruby>行<rt>い</rt></ruby>く	帶田中先生去玩

❻ <ruby>日本語<rt>にほんご</rt></ruby>を<ruby>教<rt>おし</rt></ruby>える	教日文
❼ コーラを<ruby>持<rt>も</rt></ruby>って<ruby>来<rt>き</rt></ruby>てください	請幫我拿一下可樂
❽ <ruby>森田<rt>もりた</rt></ruby>さんを<ruby>待<rt>ま</rt></ruby>っている	正在等森田先生
❾ <ruby>森田<rt>もりた</rt></ruby>さんを<ruby>待<rt>ま</rt></ruby>たせている	正在讓森田先生等
❿ <ruby>料理<rt>りょうり</rt></ruby>を<ruby>作<rt>つく</rt></ruby>る	煮飯

⓫ <ruby>長<rt>なが</rt></ruby>い<ruby>髪<rt>かみ</rt></ruby>をしている	他留著長髮
⓬ <ruby>部屋<rt>へや</rt></ruby>を<ruby>掃除<rt>そうじ</rt></ruby>する	打掃房間

⑬ 写真を撮る	拍照
⑭ パソコンを使う	用電腦
⑮ 買い物に行く	去買東西

🎧 MP3 Track 069

⑯ 壁に向かう	面向牆壁
⑰ 医者になりたい	我想當醫生
⑱ 友達の部屋に泊まる	住朋友家
⑲ 東京に住んでいる	我住在東京
⑳ 銀行に勤めている	我在銀行上班

🎧 MP3 Track 070

㉑ ここに座って下さい	請坐在這裡
㉒ ここで待って下さい	請在這邊等一下
㉓ 明日までに返さなくちゃいけない	明天之前務必要還
㉔ きれいにしてください	請整理乾淨
㉕ このリンゴをジュースにする？	要不要把這個蘋果榨成果汁？

㊳ 教室で勉強している	在教室唸書
㊴ 居酒屋で働いている	我在居酒屋工作
㊵ テープを聞いて日本語を勉強する	聽錄音帶學日文

🎧 MP3 Track 074

㊶ 船で沖縄へ遊びに行く	坐船到沖繩去玩
㊷ 病気で学校を休んだ	因為生病所以跟學校請假了
㊸ 誰がケーキを食べた？	誰吃了蛋糕？
㊹ 何が面白い？	什麼很有趣？
㊺ 電車が来た	電車來了

🎧 MP3 Track 075

㊻ 君が好きな寿司屋はどこ？	你喜歡的壽司店在哪？
㊼ 私は学生です	我是學生
㊽ 正しいと思う	認為是對的
㊾ 母と一緒に	和媽媽一起～
㊿ 今日友達と会った	今天去找朋友了

03 | 50句
生活便利貼
短句

01

銀行へ行く。
<small>ぎんこう</small> <small>い</small>

去銀行。

02

牛乳を買う。
<small>ぎゅうにゅう</small> <small>か</small>

買牛奶。

03

レストランに3月8日
<small>さんがつようか</small>
で予約する。
<small>よやく</small>

訂3月8日的餐廳。

04

電話代を払う。
<small>でんわだい</small> <small>はら</small>

繳電話費。

05

田中さんに電話
<small>たなか</small> <small>でんわ</small>
して下さい。
<small>くだ</small>

打電話給田中小姐。

06

6月3日は木村さんの
誕生日です。

6月3日是木村先生的生日。

07

三時に会議を開く。

3點要開會。

08

夜七時半に鈴木さんと
食事をするつもりだ。

晚上7點半要和鈴木先生吃飯。

09

9月14日に学校
が始まる。

9月14日開學。

10

青木さんのプレゼント
を買おうと思うんで
す。

想買青木小姐的禮物。

11

パソコンを直す。
なお

修理電腦。

12

電灯を取り替える。
でんとう　と　か

換燈泡。

13

花に水をやる。
はな　みず

要澆花。

14

手紙をだす。
て がみ

要寄信。

15

クリーニング屋へ行く。
や　い

送洗衣服。

16

DVDを返しに行く。

去還DVD。

17

薬を飲む。

要吃藥。

18

犬にシャワーを
浴びさせる。

幫狗狗洗澡。

19

今日は頑張れ！

今天要加油。

20

冷蔵庫にリンゴが
入っている。

冰箱裡有蘋果。

21

やります！／
僕は大丈夫です！

我可以的！

22

予約を取り消す。

取消訂位。

23

布団を干す。

曬棉被。

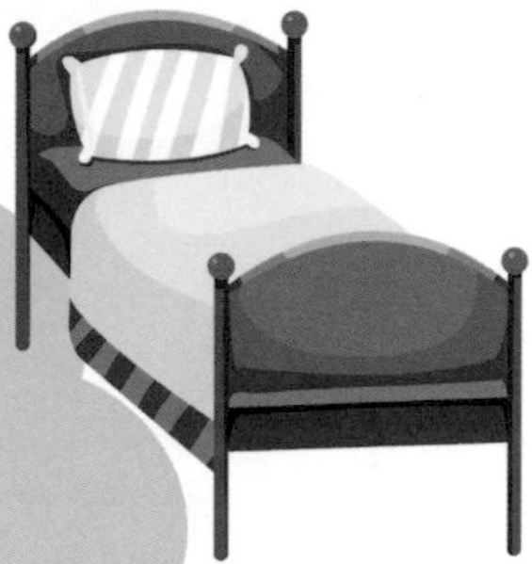

24

今日も頑張れ！

今天也要努力喔！

25

諦めないで。

不要放棄。

26

スマイルをわすれない。

不要忘了微笑喔。

27

元気（げんき）を出（だ）して！

振作點。

28

すごいね。／すげー。

真厲害。

29

考（かんが）え過（す）ぎないで。

不要想太多。

30

頑張（がんば）ってね。

要堅強喔。

MP3 Track 079

31

ご飯を食べるのを忘れないで。

記得吃飯。

32

郵便局へ行く。

要去郵局。

33

傘を忘れないで。

別忘了帶傘。

34

ノートを忘れないで。

別忘了帶筆記。

35

ネクタイを締めなくちゃ。

要打領帶。

36

10月2 7 日は日本の
山本さんの結婚式です。
じゅうがつにじゅうな中にち　に ほん
やまもと　けっこんしき

10月27日是日本的
山本先生的婚禮。

37

1月5日に野球の
試合が開かれる。
いちがついつ か　や きゅう
し あい　ひら

1月5日舉辦棒球比賽。

38

ファックスを送る。
おく

要傳真。

39

図書館へ行く。
としょかん　い

要去圖書館。

40

日曜日に遊園地に
行くつもりだ。
にちよう び　ゆうえん ち
い

星期日要去遊樂園。

41

ゴミを捨てる。

丟垃圾。

42

海外旅行のために
貯金している。

存錢出國。

43

飛行機の切符を買
う。

買機票。

44

飛行機の予約を確認する。

確認機位。

45

花を予約することを
忘れない。

別忘記訂花。

46

人に親切にする。

對人要親切。

47

部屋の掃除をする。

整理房間。

48

レポートを書く。

寫報告。

49

薬局へ行く。

要去藥局。

50

他人をほめる。

要稱讚別人。

04 | 50句 情緒表達 實用會話

❶ そんなことどうでもいいんだよ！	隨便都好啦！
❷ そんなの要らない。	那種我才不要。
❸ また、どうしたの？	又怎麼了？
❹ えらそうに。	一副了不起的樣子。
❺ すべて終わり。	一切都結束了。

❻ 大変なことになった。	大事不妙了。
❼ あなたはださ過ぎる。	你真是遜到爆了。
❽ 馬鹿のことを言わないで。	不要亂說話。
❾ 僕のこと馬鹿にしないで。	別把我當笨蛋。
❿ そんなつまらないことをしないよ！	我才不會做那麼無聊的事。

⓫ 嫌だったらいいよ。	不要就算了。
⓬ あなたのこと好きになったみたい。	我好像喜歡上你了。
⓭ あんたは冷たいね！	你也太冷淡了。

⑭ 本当（ほんとう）に僕（ぼく）のことが嫌（きら）いなんだね。	你真的很討厭我對吧？
⑮ あなたのことが大好（だいす）き。	我最喜歡你了。

⑯ これは本当（ほんとう）の涙（なみだ）よ！	我是真的哭了。
⑰ 空（そら）を見上（みあ）げるとあなたのことを思（おも）い出（だ）す。	抬頭看到天空就想到你。
⑱ みまちがえたんだよ。	真是錯看你了。
⑲ もうがまんできないよ！	我受夠了。
⑳ しぬまであんたのそばにいる。	到死我都會陪在你身邊的。

㉑ 邪魔（じゃま）しに来（き）たの?	你來亂的喔？
㉒ もうあんたのことは信（しん）じられない。	我已經不會再相信你了。
㉓ むだあし。	白跑一趟。
㉔ なめんじゃない！	竟敢耍老子啊！
㉕ なめんじゃないわよ！	竟敢耍老娘啊！

㉖ ほっといて！	不要管我！
㉗ あいてる?	你有空嗎？
㉘ このこと、あんたには関係^{かんけい}ないでしょう？	這件事跟你無關吧？
㉙ 田中^{たなか}さん、体^{からだ}を大切^{たいせつ}にね。	田中先生，要多保重身體喔。
㉚ いい返事^{へんじ}、まってるわ。	等你的好消息。

㉛ 行^いかなければよかった。	早知道就不去了！
㉜ べつに...聞^きいてみただけ。	沒什麼，問問而已。
㉝ もう泣^なくのをやめて、しっかりしなさい。	別哭了，堅強點。
㉞ たのむよ！	幫幫忙嘛！
㉟ チョー可愛^{かわい}いね！	（你）真的超可愛的耶！

| ㊱ いぬ！ | 狗腿！ |
| ㊲ べつに...そんな。 | 我沒有那個意思。 |

152

❸❽ 信<ruby>じ<rt>しん</rt></ruby>られない！	鬼才信咧！
❸❾ <ruby>関係<rt>かんけい</rt></ruby>ないよ！	不關我的事！
❹⓿ どうかな...	不一定吧。

🎧 MP3 Track 089

❹❶ <ruby>夢<rt>ゆめ</rt></ruby>だよ！	想得美喔！
❹❷ <ruby>十年<rt>じゅうねん</rt></ruby><ruby>早<rt>はや</rt></ruby>い。	你還不夠格。
❹❸ どうすればいいんだよ？	要怎麼做你才高興？
❹❹ あなたは、いつまでも<ruby>思<rt>おも</rt></ruby>い<ruby>切<rt>き</rt></ruby>りが<ruby>悪<rt>わる</rt></ruby>いですね。	你呀，總是那麼想不開。
❹❺ あいしてる。	我愛你。

🎧 MP3 Track 090

❹❻ <ruby>彼女<rt>かのじょ</rt></ruby>の<ruby>秘密<rt>ひみつ</rt></ruby>を<ruby>話<rt>はな</rt></ruby>してくれる？	可以跟我說她的祕密嗎？
❹❼ <ruby>勉強<rt>べんきょう</rt></ruby>していればいいんだ。	乖乖唸書就好了。
❹❽ なにかして<ruby>遊<rt>あそ</rt></ruby>びましょう。	我們找點遊戲來玩吧。
❹❾ それを<ruby>聞<rt>き</rt></ruby>いてよかった。	聽到這個消息真好。
❺⓿ <ruby>仕様<rt>しよう</rt></ruby>がないよ。	沒有辦法喔。

05 | 50句 日本旅遊 必懂會話

01

A：すみません、これはいくらですか？　請問這個多少錢？

B：これですか?これは２千円です。　這個嗎？這個是2千元。

A：じゃ、これをください。　那我就要這個。

02

A：すみません、時計売り場はとこですか？　請問手錶賣場在哪裡？

B：時計売り場は二階です。　手錶賣場在二樓。

A：どうも。　謝謝！

03

A：ご注文は何でしょうか？　請問要點什麼菜？

B：天婦羅定食をください。　請給我天婦羅定食。

A：いくつですか？　要幾份呢？

B：ふたつです。　要二份。

04

A：コンビニはどこですか？　便利商店在哪？

B：まっすぐいって右側に入ると　直走右轉就是。
　　見えますよ。

A：ありがとうございます。　謝謝！

05

A：きっぷはどこでかいますか？　請問車票要到哪裡買？

B：機械でかってください。　請到自動販賣機買。

156

MP3 Track 096

06
A：トイレはどこですか？　　　　　　洗手間在哪裡？

B：つきあたりです。　　　　　　　　走到最底就是了。

A：ありがとう。　　　　　　　　　　謝謝！

MP3 Track 097

07
A：コーヒーをください。　　　　　　我要一杯咖啡。

B：アイスとホットとどちらですか？　冰的還是熱的？

A：ホットでおねがいします。　　　　熱的，謝謝。

B：６５０円でございます。　　　　　650円，謝謝。
　　ろっぴゃくごじゅうえん

A：はい。　　　　　　　　　　　　　好的。

MP3 Track 098

08
A：ねびきはありますか？　　　　　　請問有折扣嗎？

B：いまから２０％になります。　　　現在打八折。
　　　　　にじゅうパーセント

A：じゃ、これをください。　　　　　那我要這個。

MP3 Track 099

09
A：空港はどうやっていきますか？　　請問機場要怎麼去？
　　くうこう

B：バスのりばから直通のバスに乗っ　請到巴士站搭直達巴士。
　　　　　　　　ちょくつう　　　　の
　てください。

MP3 Track 100

10
A：この辺におもしろいところはありま　這附近有什麼好玩的地
　　　へん
すか？　　　　　　　　　　　　　　方？

B：表参道にいってみてください。　　你可以到表參道逛逛。
　　おもてさんどう

　オシャレなお店がたくさんあります。那裡有很多精品店。
　　　　　　　みせ

　そして原宿にもいけます。　　　　還可以去原宿逛。
　　　　　はらじゅく

1
5
7

11

A：何かいいとこがありますか？　　　　有什麼比較特別的地方嗎？

B：明治神宮はどうですか？　　　　　　你可以到明治神宮看看。

　　あるいていけます。　　　　　　　　走路就可以到。

12

A：一緒に食事をしませんか？　　　　　我們一起吃飯好嗎？

B：いいですよ。なにが食べたいですか？好啊，你想吃什麼？

A：ビーフステーキが食べたいです。　　我想吃牛排。

13

A：デザートを食べますか？　　　　　　你要吃甜點嗎？

B：アイスクリームを食べたいです。　　我想吃冰淇淋。

A：じゃ、わたしはアップルパイにします。那我要吃蘋果派。

14

A：いま何時ですか？　　　　　　　　　現在幾點了？

B：いま九時十分です。　　　　　　　　現在9點10分了。

A：もう電車に間に合いません。　　　　趕不上電車了。

15

A：いまはどこへいきますか？　　　　　現在要去哪裡？

B：スーパーへいきます。　　　　　　　要去超市。

A：とおいんですか？　　　　　　　　　很遠嗎？

B：いいえ、ちかいですよ。　　　　　　不會，很近。

NOTES

原來如此 系列 J047

初學必備日文五十音：三角形記憶學習法，一本征服五十音（附隨掃隨聽QR code）

學習日文五十音，聽力同步大提升！

作　　　者	櫻井咲良◎著
顧　　　問	曾文旭
社　　　長	王毓芳
編輯統籌	耿文國、黃璽宇
主　　　編	吳靜宜
執行主編	潘妍潔
美術編輯	王桂芳、張嘉容
行銷企劃	詹苡柔
封面設計	阿作
法律顧問	北辰著作權事務所　蕭雄淋律師、幸秋妙律師

初　　版	2020年02月初版1刷
	2022年初版8刷
出　　版	捷徑文化出版事業有限公司
電　　話	（02）2752-5618
傳　　真	（02）2752-5619

定　　價	新台幣260元／港幣 87 元
產品內容	1書

總 經 銷	采舍國際有限公司
地　　址	235 新北市中和區中山路二段366巷10號3樓
電　　話	（02）8245-8786
傳　　真	（02）8245-8718

港澳地區總經銷	和平圖書有限公司
地　　址	香港柴灣嘉業街12號百樂門大廈17樓
電　　話	（852）2804-6687
傳　　真	（852）2804-6409

▶本書部分圖片由 Shutterstock、freepik 圖庫提供。

捷徑 BOOK 站

現在就上臉書（FACEBOOK）「捷徑BOOK站」並按讚加入粉絲團，
就可享每月不定期新書資訊和粉絲專享小禮物喔！

http://www.facebook.com/royalroadbooks
讀者來函：royalroadbooks@gmail.com

國家圖書館出版品預行編目資料

初學必備日文五十音:三角形記憶學習法,一本征服
五十音 / 櫻井咲良著. -- 初版. -- 臺北市 : 捷徑文
化, 2020.02　面;　公分
ISBN 978-986-5507-11-4(平裝)

1.日語 2.語音 3.假名

803.1134　　　　　　　　　　　108021471